Mariage, gossip et autres contrariétés

De la même auteure
aux Éditions J'ai lu

Laisse tomber la neige !
Sept bonnes raisons de rester célibataire
Les douze folies d'Emma
Le doux parfum des souvenirs
P.-S. : Joyeux Noël (collectif)
Déconfinez-moi ! (collectif)

CÉCILE
CHOMIN

Mariage, gossip et autres contrariétés

J'AI LU

À la mémoire de Freddie et Jean-Pierre.
Un verre à votre santé,
aux bons vivants que vous étiez !

FAMILLE LARCANT

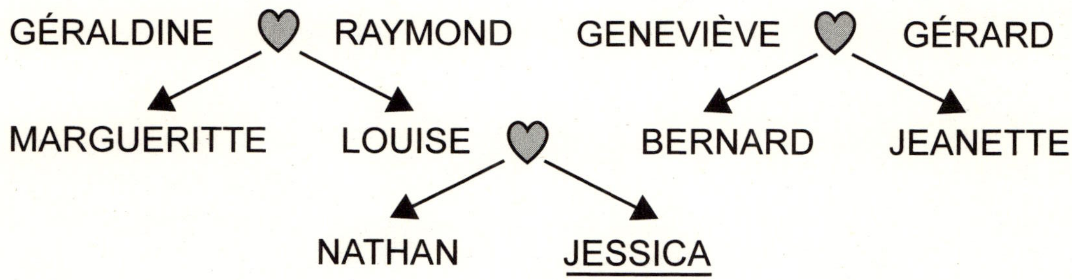

Meilleur ami de Bernard : Pierre

Meilleur ami de Nathan : Fabrice

Témoins de Jessica : Myriam (amie) – Aude (ex-femme de Tom Bilbonne)

FAMILLE BILBONNE

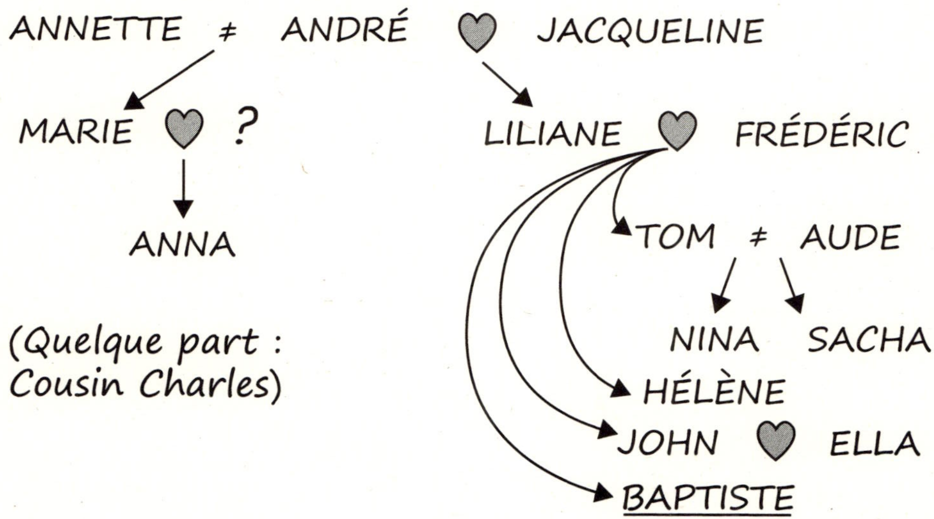

Témoins de Baptiste : Mehdi (ami) – Tom (son frère)

Prologue

L'instant T

Jour J.
Midi.

De la neige, de la neige, encore de la neige, toujours de la neige. Mes chaussures sont flinguées. J'ai la peau aussi blanche et blafarde que celle de la mariée, j'ai l'impression que le froid fait ressortir mes rougeurs comme des boutons d'acné. Quelle idée de venir se perdre ici, à Uriage, pour des noces ! OK, le domaine est magnifique. Oui, les photos seront superbes si on les retouche en supprimant d'un clic la morve aux nez des enfants, mais la réalité est tout autre. Un mariage est censé être un jour merveilleux, un moment de joie, une parenthèse agréable. C'est l'occasion, pour les jeunes filles, de porter une belle robe et des chaussures vernies, pour les garçons prépubères, de boire autre chose que la piquette qu'ils achètent le samedi soir à la supérette, et pour les adultes – comble de l'utopie –, d'espérer rencontrer leur alter ego, celui ou celle qui partagera leur vie future. Dans les faits, le bonheur est bien plus difficile à atteindre. Pas l'orgasme. Car un mariage, c'est aussi l'occasion de coucher et de rentrer chez soi en étant certes toujours célibataire mais en ayant tiré son coup.

Vous me trouvez cynique ? Non, je ne le suis pas. Je ne suis ni défaitiste ni optimiste, juste un brin opportuniste. Car, oui, je profite de cet événement pour me lâcher et dire tout haut ce que chacun pense tout bas.

Quand j'ai commencé à écrire sur l'organisation du mariage – ce qui était pur accident –, jamais je n'aurais pu imaginer une telle apothéose, une scène aussi grandiose, voire carrément ubuesque, que celle se déroulant en ce moment même sous mes yeux. Croyez-moi, l'hystérique qui menace de se jeter par la fenêtre vaut le détour. Un suicide le jour d'un mariage, ça fait tache. Surtout que, si la foldingue se jette du premier étage du château, vu la hauteur, elle ne va pas se louper. Pas sûr que la neige amortisse le choc. Et une immense tache rouge repeindra le sol enneigé.

Mais de cela, là, tout de suite, Ella n'en a rien à faire.

— Ne m'approchez pas ou je saute !

— Ella, arrête, chérie... Descends, je t'en prie.

Ça, c'est son fiancé, John. Celui qui ne sert à rien. On n'en serait sans doute pas là sans lui, d'ailleurs, et ce lâche le sait très bien.

— Je n'en peux plus, John. Je suis à bout. Je t'aime, mais a priori pas suffisamment...

— Moi aussi, chérie, je t'aime... Je t'en supplie...

Qu'il est mou du genou... Alors qu'il tente de gagner le rebord de la fenêtre sur lequel Ella est perchée – en équilibre précaire sur ses escarpins et vêtue d'une grande chemise blanche, qui semble être celle de John –, une voix railleuse commente derrière moi :

— Cette idiote va glisser. Elle ne compte pas sauter, c'est évident, mais avec ses talons, elle va déraper. On est venus pour célébrer un mariage, pas un enterrement, bon sang !

Thomas, alias Tom, le frère du marié ne fait même pas l'effort de chuchoter, si bien qu'Ella entend une partie de ses paroles.

Elle devient hystérique :

— Bien sûr que si, je vais sauter ! Si vous ne me croyez pas c'est que vous êtes des monstres et que vous n'avez rien compris !

Elle lève le pied et vacille, ce qui déclenche un cri dans l'assistance.

— Je n'avais jamais fait gaffe, elle a des jambes canon ! Je la trouvais fade, mais alors là, avec ses cheveux décoiffés et son string fluo sous sa chemise qui lui arrive au cul, j'ai un début d'érection.

Ce vocabulaire fleuri, c'est celui de Nathan, le frère de la mariée. Alors que son pote Fabrice rit sous cape, Hélène, la sœur du marié, qui se tient à côté de Nathan et qui a tout entendu, semble choquée. Elle ouvre des yeux ronds comme des soucoupes et est à deux doigts de rendre son petit déjeuner. Elle se ressaisit finalement et fusille Nathan du regard, qui lui adresse un baiser imaginaire. Pas de doute, quand Hélène part en courant, c'est bel et bien pour vomir.

La scène est mémorable. Je suis convaincue, au fond de moi, que je la reverrai longtemps en souvenir. Je souris intérieurement, car je sais qu'Ella ne sautera jamais. C'est le genre de nana hystérique à faire des scènes – elle est ainsi depuis toujours. Aujourd'hui, certes elle nous pique une grosse crise, mais elle n'en est pas à sa première « tentative ». Sa chute pourrait être fatale, mais John est assez près de la fenêtre pour se jeter en avant et retenir Ella. Et puis, la dame crie un peu trop fort pour être honnête... Si elle avait voulu se tuer, elle l'aurait déjà fait. Ça me rappelle ces films dans lesquels le méchant explique avec force détails comment il va tuer le héros, permettant ainsi à ce dernier d'imaginer une solution pour s'en sortir.

— Poussez-la, qu'on en finisse ! Si elle avait vraiment voulu sauter, elle l'aurait déjà fait, non ?

Ça, c'est Jessica, la mariée – enfin, la future mariée –, qui vient de choquer tout le monde. « Choquer », c'est un grand mot, car beaucoup pensent pareil, mais le politiquement correct empêchait les invités de verbaliser leurs idées.

Cette scène est improbable. Il faut que je fasse un arrêt sur image, ça vaut le détour.

Ella, l'hystérique, à défaut de reconquérir son homme, aura réussi à faire chier tous les convives, à retarder le déroulement du mariage et, très certainement, à choper un énorme rhume car la température extérieure doit avoisiner les moins deux degrés. Dans le meilleur des cas, elle attrape froid, dans le pire, elle gagne une pneumonie carabinée.

Je ne vous ai pas encore tout décrit. Quand je regarde John, il m'évoque le célèbre tableau de Munch, *Le Cri*. Horrible, faux, excessif avec son air affolé à l'idée de perdre « sa petite biche » – comme il l'appelle régulièrement. Quel salaud !

La question est : pourquoi est-il habillé, à 9 heures du matin, comme il l'était la veille au soir ? Et pourquoi Ella porte-t-elle la chemise que John avait prévu de mettre à la cérémonie cet après-midi ?

Je me mets en retrait et prends le temps d'observer les frères et sœur du marié. Qu'ils sont étranges, ces Bilbonne… – quel nom idiot, d'ailleurs. Ils semblent soudés face à cette scène improvisée. C'est rare de les voir tous réunis. Thomas, le cynique, est juste derrière John – celui qui essaie de convaincre Ella de ne pas sauter. Malgré ses remarques acerbes sur sa presque « belle-sœur », il semble préoccupé et jette sans arrêt des regards vers le fond de la pièce, en direction de son ex-femme, Aude. Quelle horreur de se retrouver à un mariage avec son ex-femme dans les parages !

La coincée, c'est Hélène, la seule fille de la fratrie. Elle se rapproche doucement d'Ella, prête à se jeter sur elle à tout moment pour la retenir et lui sauver la vie. Sauf que, connaissant Hélène, elle serait bien capable de précipiter sa belle-sœur dans le vide en voulant la secourir.

Il manque toutefois un membre essentiel de la famille Bilbonne : Baptiste, le futur marié.

Jessica fait partie de ceux qui sont prêts à pousser Ella dans le vide, histoire d'en finir. La future mariée n'a de frêle que sa taille 34, et certainement pas son caractère. Elle porte un jean, des baskets avec les lacets défaits et un vieux pull décousu que j'ai déjà vu quelque part. Ses cheveux châtain foncé sont en bataille et tombent en cascade sur ses épaules. Ils sont pleins de nœuds, qui semblent évoquer une nuit de sexe ou de bagarre, voire les deux. Sacré challenge pour le coiffeur et le maquilleur !

Je surprends le regard de Fabrice – l'ami de Nathan, le frère de Jessica – posé sur elle. Soudain, j'ai un déclic. Le pull troué… Ne me dites pas que Jessica a couché avec son ex la veille de son mariage ? Un dernier verre avant de s'inscrire aux alcooliques anonymes ? J'applaudirais presque ! Non, non, je ne suis pas cynique.

Il ne faut jamais se fier aux apparences. Or ce formidable vaudeville prouve justement que les apparences sont particulièrement trompeuses.

Tout à coup, Marie, la tante de Baptiste, fait son apparition. La grenouille de bénitier par excellence. De si bon matin, ses cheveux sont rigoureusement coiffés en une queue-de-cheval ridicule par ailleurs pour une femme de plus de 55 ans. Sa jupe semble tout droit sortie d'une reconstitution historique sur les bigotes du début du XXe siècle et sa croix en argent brille tant que Marie a dû la lustrer toute la nuit pendant qu'elle récitait certains passages de la Bible.

Elle se signe en voyant la scène et s'apprête à intervenir quand Anna, sa fille, débarque. Anna, la mystérieuse

Anna… sur laquelle il est très intéressant de s'attarder. Qui peut-elle bien être ? La cousine du marié, d'accord, mais encore ? Tantôt douce, sage et attentionnée envers sa môman d'amour, tantôt provocante, limite envoûtante, elle hypnotise la gent masculine. Sa naissance elle-même reste un mystère. Pas de père. Une situation banale aujourd'hui, qui ne choque personne. Mais dans les années 1980, ce n'était pas pareil. Et puis, comment un cul-béni tel que Marie aurait pu avoir un enfant sans un géniteur ? L'histoire de la vierge féconde, c'est un peu fort et déjà vu !

Anna observe Ella avec douceur. De toutes les personnes présentes dans la pièce, c'est la seule qui semble éprouver une empathie sincère.

Le temps passe, et aucun des comédiens – pardon, des invités – ne semble savoir quoi faire. Le mariage, qui est censé avoir lieu dans moins de deux heures, prend un retard considérable.

Finalement, c'est Bernard, le père de Jessica, qui fera la transition. Son meilleur ami et lui reviennent de leur promenade matinale quand le sourire de Pierre se fige en découvrant la scène. Bernard essaie quant à lui de garder contenance, il s'approche d'Ella, lui tend la main et lui propose, en parfait gentleman :

— Ma chère demoiselle, je vous en prie, descendez. Vous allez attraper froid.

Tout cela me paraît tellement irréel que j'ai l'impression, malgré la fenêtre ouverte, de manquer d'air. Ella prend la main de Bernard, qui la récupère vivement en la prenant dans ses bras. Pierre ferme aussitôt le battant, et chacun inspire un grand coup. En fait, nous retenions tous notre souffle.

Sur ces entrefaites, Liliane, la mère de Baptiste – qui arbore pour la première fois de sa vie une coupe moderne –, entre et lance de sa voix de crécelle :

— Mais enfin, que se passe-t-il, ici ? On se croirait à un enterrement ! Hop, hop, hop, on s'active ! Jessica, ma chérie, tu devrais être dans ta chambre à te faire chouchouter. Tu as mauvaise mine. Quelqu'un a vu mon fils ? Baptiste, mon fils ? Mehdi, son témoin, le cherche depuis une heure ! Ella, ma chère, que fais-tu en chemise ? Elle est toute froissée, quelle horreur !

Personne ne prend la peine de répondre. Puis un invité s'approche de Liliane pour la rassurer ; qu'elle ne s'inquiète pas, on va retrouver Baptiste. Certains invités sortent de la salle tandis qu'Ella pleure dans les bras de son John.

L'acte I s'achève.

L'acte I ou l'acte X ? Car cette scène se situe juste avant le grand final : la cérémonie du mariage. Chaque comportement ou réaction n'est que la conséquence d'actes passés. Et si l'explication à la situation d'aujourd'hui remontait à quelques mois plus tôt ? L'instant T.

Qui ou qu'est-ce qui a poussé Ella à se hisser sur cette fenêtre, habillée en star de X, pour jouer un drame shakespearien ? Voilà ce qui m'intéresse. L'éthologie – j'ai appris ce mot il y a peu – est la science qui étudie les comportements humains et animaux. Ne sommes-nous pas justement des animaux ? Bon, un peu de sérieux, parlons plutôt de psychologie comportementale.

Et si nous pouvions revenir en arrière ? Ce serait formidable de connaître l'envers du décor, les rouages et les ficelles, tout ce qui se cache en coulisse... Dans la vie de tout un chacun, il y a autant de belles histoires que de zones d'ombre. Et comme j'ai tout le temps qu'il faut pour étudier mes semblables, j'ai décidé de tout connaître d'eux...

Radio gossip, bonjour !

Acte X

La déprime

J-150 avant le mariage.

Rue des Saules-Pleureurs, office notarial des deux frères.

John, Ella et Tom.

— Tu ne peux pas éviter le mariage de Baptiste. Sois sérieux.

— Mais je suis sérieux ! J'en ai marre qu'on me dicte ma conduite ! Qu'est-ce qui m'empêcherait de ne pas y assister ? Je suis majeur et vacciné. Ras le bol de votre fausse compassion.

— Fausse compassion ? Tu as vraiment un caractère de merde, Tom. On te soutient comme on peut depuis ton divorce, mais quoi qu'on fasse, ça se retourne toujours contre nous. Tu veux savoir pourquoi tu ne peux pas esquiver ? Primo, parce que c'est ton frère, deuzio, parce que tu es le témoin. Ça fait deux bons arguments, quand même, non ?

— John, tu me gonfles.

— Oui et toi aussi. C'est incroyable, tu es l'aîné et...

— Je t'interdis de me dire que je me comporte comme un gamin ! Je suis sérieux depuis trente ans. Ça fait seulement un an que je vadrouille, j'ai donc un peu de marge devant moi.

— Trente ans ? Tu es incroyable.

— OK, petit frère, j'ai 38 ans, tu en as 30. Mais je te promets que j'étais très sérieux à l'époque où je te nettoyais les fesses.

— Beurk.

Ella rit en entendant les frangins se chamailler. Elle en a l'habitude, ça ne sert à rien d'intervenir. C'est leur petit rituel du vendredi soir après le travail. Les deux sont notaires dans le même office, celui qu'ils ont repris à la retraite de leur père, Frédéric.

— Je m'ennuie, finit-elle par bâiller. John, on sort, ce soir ? On fait autre chose ?

— Autre chose ? Ella, voyons, chérie, c'est vendredi, je suis claqué. J'ai eu une semaine éreintante. Aller chez maman nous fera du bien. Après avoir mis les pieds sous la table et dégusté un bon gratin de cannelloni, on sera prêts à passer un super week-end. On sortira demain soir, promis.

— Ta femme a raison, John. Ce n'est pas cool de passer son vendredi soir chez sa belle-famille... On dirait un couple de 40 balais alors que vous en avez dix de moins.

— Tu peux parler, toi ! Depuis ton divorce, tu te la joues indépendant et libre. On en parle, de tes années avant Aude ?

— Non, justement, on n'en parle pas. C'est peut-être à cause de ces années en question que j'ai loupé mon mariage. Donc permets-moi de te donner un conseil afin que tu ne commettes pas la même erreur. Par contre, on en parle, du fait que mon ex-femme est invitée au mariage de mon petit frère ? J'ai donc le droit de ne pas vouloir y aller.

— Tu as le droit de ne pas le vouloir, pas de le faire. Aude et toi êtes restés vingt ans ensemble, alors pardonne-nous de nous être attachés à elle. Baptiste l'a connue à 12 ans, et Jessica est sa meilleure amie. Donc tu peux en vouloir à la terre entière, au karma, à ce que tu veux, mais pas à nous. Aude est le témoin de la mariée, et toi celui de Baptiste. Que vous soyez divorcés n'y change rien.

— Tu avoueras que c'est étrange quand même.

— Moi, je trouve ça marrant.

Et Ella se met à rire, indifférente à l'humeur de son beau-frère, qui la fusille du regard. John lui fait de gros yeux pour éviter qu'elle surenchérisse et que son frère lui balance une méchanceté.

C'est déjà suffisamment compliqué avec Ella et ses sautes d'humeur pour qu'elle se prenne maintenant la tête avec Tom. S'il l'envoie bouler, elle aura l'impression d'être rejetée. Et cette fois-ci, je n'arriverai pas à la rassurer, se dit John.

— Tu l'ignores, et puis c'est tout, conclut John.

— Mais elle va me prendre la tête ! Moi qui comptais m'amuser et peut-être rencontrer quelqu'un au mariage, c'est foutu, toutes mes chances s'envolent.

— Tu te moques de moi ? Tom le sérieux ? Le coincé ? Tu vas me faire croire que tu avais prévu de coucher avec la première venue ?

— Qu'est-ce que ça a d'incroyable ?

— Non seulement tu en serais incapable, mais en plus, tu comptais sauter qui ? Tatie Margueritte, la tante de Jessica ? Parce que ce sera la seule célibataire.

— Tu fais chier, John.

Tom se lève et sort en claquant la porte.

— Quel caractère de cochon, souffle son frère.

— Certainement le point commun entre tous les membres Bilbonne, se moque Ella avant de venir s'asseoir sur les genoux de son fiancé.

— Tu me fais un enfant ?

John la repousse d'un coup, puis se lève.

— Mais qu'est-ce qui te prend ? T'es sérieuse ?

— On n'en a jamais parlé, mais oui, je suis sérieuse, John. J'ai 30 ans quand même.

— Ce n'est peut-être pas le meilleur moment pour aborder le sujet...

— Ah bon ? Quel est le problème ?

— Le mariage de mon frère approche, j'ai d'autres préoccupations.

— Il est dans cinq mois, ce foutu mariage, et déjà au cœur de toutes nos conversations ! Depuis l'annonce de Baptiste et Jessica, on ne fait que parler de ça ! C'est d'un ennui mortel ! Et quelle idée ridicule, ce blog !

Ella se rend sur le balcon et allume une cigarette. John la rejoint, tire une latte.

— Comment on fait les bébés, déjà ? Je veux bien une petite piqûre de rappel...

Ella est déçue. Elle le sait, elle n'arrivera pas à avoir un échange sérieux avec lui. C'est impossible. Il élude, ne se projette pas, s'en sort chaque fois par une pirouette ou en ramenant tout au sexe. Et depuis quelque temps, justement, le sexe ne motive plus Ella. Le *sexe pour le sexe* n'a plus d'intérêt à ses yeux, mais *le sexe pour procréer* éveille quant à lui son intérêt.

Cela fait deux ans qu'ils sont en couple, et si au lit ça se passe bien, John n'est pas pour autant le meilleur amant qu'elle ait connu. Il est beau, c'est clair. C'est même le plus beau mec avec lequel elle est jamais sortie. Les garçons Bilbonne sont séduisants, et leur sœur Hélène s'en sort bien également. Dans ce bar, la première fois qu'Ella a vu John, elle a bien cru qu'il ne s'intéresserait pas à elle. Sportif et musclé, à tomber dans son jean et son polo avec ses airs de premier de la classe. Et intelligent, avec ça ! Ella est tout de suite tombée sous son charme – ou plutôt : elle a tout de suite été obnubilée par lui. Deux heures après leur rencontre, elle rêvait déjà à leur futur enfant, qui aurait ses yeux bleus. Puis ils se sont mis ensemble.

Cependant, John s'est rapidement révélé décevant. Il est routinier, se comporte en enfant gâté, est incapable de s'éloigner de sa famille plus de deux jours... Et dans l'intimité, quelle déception ! Le sexe avec lui c'est mou du genou. Ella a envie de piment, de tension, d'explosion. En parlant avec une de ses amies, elle en est venue à la conclusion que, en matière de sexe, l'essentiel était que ce soit bien fait. Elle a passé trop d'années à coucher n'importe où, n'importe quand. Forcément, sa relation avec John n'est pas comparable avec ses coups d'un soir. Il lui manque un brin d'excitation. Un simple lit comparé au sable chaud en plein coucher de soleil, c'est sûr que ça ne tient pas la route.

En y réfléchissant bien, John assure à sa manière. Et puis, peut-être que les ex d'Ella auraient été nuls dans un 140 × 190 cm...

Ella se convainc qu'elle aime John car, après tout, elle n'a jamais aimé comme ça. L'envie d'être toujours avec lui, de construire quelque chose, de faire des enfants... Reste plus qu'à lui mettre en tête que c'est aussi ce qu'il veut. Et si elle doit franchir la limite pour parvenir à ses fins, elle la franchira.

Acte IX

L'attaque

Rue des Casse-Têtes, maison des futurs mariés. Jessica et Baptiste.

— Aaah ! C'est qui, cette connasse ?

— Ne te mets pas dans tous tes états, ma puce, ça ne sert à rien.

Baptiste se remplit un verre de vin et hésite à servir Jessica, qu'il trouve suffisamment énervée comme cela. Passant de la colère aux larmes, sa fiancée s'effondre soudain sur la table. Alors qu'elle sanglote, Baptiste sent son cœur se serrer. Il est vraiment le plus chanceux des hommes d'aimer à ce point et d'être autant aimé en retour. Enfin, Baptiste essaie de s'en convaincre. Il déplacerait des montagnes pour Jessica, et la question est : laquelle va-t-il devoir déplacer ?

— Tu veux que j'engage un informaticien pour récupérer l'adresse IP ? Je peux aussi embaucher un détective, je suis sûr que certains collègues font appel aux services de professionnels pour fliquer leur femme. Hervé n'aurait jamais obtenu le divorce sans devoir payer de pension alimentaire s'il n'avait pas eu un gros dossier sur sa femme. Je t'ai dit qu'il avait retrouvé des menottes et des fouets dans son placard, cachés sous les culottes en coton ? Ça n'arrive pas que dans les films, tu sais.

Jessica relève la tête et sourit.

— Tu es le meilleur, tu as le don pour me faire rire même au pire des moments.

— Parce que ce n'est pas le pire des moments... Je veux dire, si, c'est embêtant, mais il y a plus grave. C'est une personne jalouse, c'est tout. C'est sans doute un frustré, même. Car ça pourrait très bien être un homme !

— Je ne sais pas, pour moi, c'est une femme... J'en suis persuadée. Il n'y a qu'une garce pour écrire ça. Ce ne serait pas une de tes ex ? Comment aurait-elle pu savoir pour le blog ? En même temps, on a partagé le lien sur Facebook et Insta, et nos deux comptes sont ouverts, donc, évidemment, n'importe quelle garce a pu y avoir accès. Je ne voulais pas qu'on organise le mariage tout seuls dans notre coin, mais au contraire que tout le monde ait l'impression de participer. Il marchait bien, le blog, jusque-là, chacun jouait le jeu... J'adorais l'idée de partager et commenter les idées des uns et des autres. Non, il est hors de question que je ferme le blog. Même ma tante Margueritte s'y est inscrite grâce au personnel soignant de sa maison de retraite ! Tu te rends compte ? Notre mariage va unir deux familles et plusieurs générations.

Baptiste rit.

— Chérie, relis-moi le commentaire de ma supposée ex. Je n'ai pas tout entendu tout à l'heure, tu as crié avant la fin.

Jessica fronce les sourcils, puis recommence sa lecture :

Je ne disais rien jusque-là, mais il est temps. Parlons-en, oui, de ce « beau mariage ». Ne seriez-vous pas tous un tantinet menteurs ? « J'ai hâte, j'ai tellement hâte, ça va être magnifique… » Allons, faites preuve d'honnêteté ! Heureusement que je suis là, je vais pouvoir révéler tout haut ce que j'entends chuchoter tout bas.

Faisons le point : nous serons à une heure de Grenoble (la ville la plus grise de France), sur la route de Chambéry (la plus fréquentée de France), en plein mois de décembre (oserais-je dire le plus froid de France ?), certainement sous la neige. Qui trouvera chaussure à son pied ? Parce que, avec les congères, il va falloir le glisser dans une botte fourrée, le pied, si on veut survivre ! Enfin, je dis ça, je dis rien…

Bonne nouvelle toutefois : la FM (« future mariée » pour les intimes) a le goût de l'alcool (vu ce qu'elle descend ces derniers temps, ce doit être une vraie connaisseuse), donc on pourra se réchauffer au whisky. Parce que de l'ambiance, il risque d'y en avoir ! Avec la quantité d'ex qui seront présents (comptez-les, il y en a plus que vous ne le pensez), ce sera digne d'un roman d'Agatha Christie : tous réunis dans un manoir avant que la mort frappe… Et une chose est sûre : vu le casting, on ne mourra pas d'ennui ! Je vais rire, je le sens.

Alors oui, contrairement à vous, je suis honnête. Hâte d'être à ce mariage !

MP.

— Voilà l'horreur. Et le pseudo est « MP ». Comme « Mal Polie » ? « Méchante Pétasse » ? « Molle Putoise » ?

— Ça ne peut pas être une ex. Il sort d'où, le « putoise molle » ?

Baptiste se lève, et pour la première fois, semble réfléchir sérieusement au problème.

— C'est venu tout seul, le stress me faire dire n'importe quoi, reprend Jessica. « Maniaco Perturbée » ? Et pourquoi ce ne serait pas une de tes ex ?

— Parce que si tu lis et réfléchis, au lieu de te concentrer sur ce pseudo mystérieux, la personne est invitée au mariage et compte bien y assister. Ce qui ne serait pas le cas d'une ex… « Maria Pacôme », ça marche aussi. Aucun rapport, mais j'adore cette actrice.

— Mince, c'est vrai qu'elle précise avoir hâte d'y être. Mais d'après elle, il y aura beaucoup d'ex présents. Qui me dit que l'une des invitées ne compterait pas parmi tes ex ? Et comment peut-on citer Maria Pacôme en ayant moins de 60 ans ? Si tu ne m'avais pas parlé d'une de ses pièces, je ne saurais même pas qu'elle existe.

— Justement, parce que j'aime le théâtre. Bon, on s'égare. Tu veux qu'on reprenne la liste des invitées ? Si une de mes ex se cache parmi elles, elle serait soit de ta famille, soit une de tes amies. Et si tu n'as pas confiance en tes propres amies...

— Bien sûr que si, la question n'est pas là. Qui ça peut être alors ?

— Est-ce le plus important ? À mon sens, la question essentielle est : que veut cette personne ? J'aimerais autant savoir quelles sont les intentions de « Matt Pokora ».

— Passer de Maria Pacôme à Matt Pokora en deux phrases : respect. Ton cerveau reste une énigme pour moi, mon cœur. Bon, on ne va pas fermer le blog. De toute façon le padlet avec le programme du week-end est en ligne, et ça m'a pris deux semaines pour le faire. Je ne vais pas tout jeter à la poubelle à cause de cette « Malpolie Perverse » ! On va au contraire l'utiliser pour la démasquer. Prends un papier, un stylo et ressers-moi du vin. La nuit va être longue.

Baptiste la regarde avec un air lubrique, puis chuchote :

— Longue comment ?

— Arrête de rêver, on a du boulot. On va reprendre la liste des convives et noter point par point les probabilités qu'ils soient coupables. Et tous ceux dont les initiales sont MP.

— On fera quand même l'amour après ?

— S'il reste du vin.

— Si ce n'est que ça, je peux remonter des bouteilles de la cave... Cela dit, je ne sais pas comment prendre le fait que tu aies besoin d'alcool pour coucher avec moi.

Jessica lui sourit, se penche et l'embrasse.

— Je n'aurai jamais besoin d'alcool pour faire l'amour avec toi, mon cœur. Si tu veux qu'on commence par là et si tu penses qu'il te restera ensuite assez de forces pour mener l'enquête, je suis preneuse.

— La force, c'est ma qualité première.

Baptiste fait voler les feuilles éparpillées sur la table, ce qui fait rire sa fiancée, et l'embrasse fougueusement, si bien qu'elle tombe de sa chaise et rigole encore plus.

Alors que Baptise ronfle sur le canapé – comme Jessica s'y attendait, il s'est endormi juste après avoir fait l'amour –, elle reprend ses notes.

Qui es-tu, mystérieuse invitée ? Et pourquoi n'as-tu pas l'air de me porter dans ton cœur ?

Elle saisit son ordinateur, entre ses codes d'accès et répond au commentaire hargneux :

Enchantée, Mystérieuse Perfide. C'est une blague ? Un bizutage ? Une menace de mort ? Je n'oserais pas te demander franchement et directement ton identité, car si tu n'as pas pris la peine de renseigner ton vrai nom jusque-là, tu ne vas pas le faire maintenant. Mais je peux au moins te poser une question : qu'est-ce que tu nous veux ?

Jessica se ronge de nouveau les ongles, bousillant ainsi tout le travail des derniers mois. Adieu, les mains parfaites le jour J car, si sa manie la reprend, impossible de l'arrêter pour les dix prochaines années au moins ! Elle sert un autre verre de vin et se rend compte qu'elle boit de plus en plus, ce qui l'irrite. Pour le coup, cette « Maudite Personne » n'aurait-elle pas un tout petit peu raison ?

Blog : Le « weddingue » de Jess et Baptiste

« Mystérieuse Perfide » ? J'adore ! Mais c'est raté.

Je ne veux faire de mal à personne. Je voulais simplement évoquer quelques évidences, dans l'intérêt de tous. Et si, au contraire, je tenais à toi, Jessica ?

À l'instar d'une *gossip girl* (ou d'un *gossip boy*, puisque dans la série c'est un homme, non ?), je serai votre Radio gossip. Je donne mon avis et dis tout haut ce que tout le monde pense tout bas. Ça évite les malentendus.

Promis, le jour du mariage, je resterai dans l'ombre. Personne ne me remarquera ni ne saura jamais qui je suis.

Bon, je me tais, je ne vais pas intervenir chaque fois.

MP.

P.-S. : Magnifique, le blog. Et le padlet… quel travail !

1 commentaire :

J'aurais dit « Mal Baisée », mais ça ne marche pas avec la lettre P 😏

Allez, je ne me mêle pas de ces querelles.

Bises du cousin Charles.

Rue de la Sauge.

Louise et Bernard chez eux. Leur fils Nathan dans le couloir.

Louise est fatiguée. La préparation d'un mariage, ça épuise, d'autant plus lorsqu'on est la mère de la mariée. En prime, les échanges avec Liliane et Fred, les parents de Baptiste, ne sont pas une sinécure.

Je me demande comment ils ont fait pour élever Baptiste, eux qui sont si coincés et vieux jeux.

— Qu'est-ce qui te fait rire ?

— Je pensais à Liliane. À 56 ans, elle en parait 66. C'est dommage.

— Tout le monde ne peut pas avoir ta fraîcheur.

Bernard se lève et prend sa femme dans ses bras. Elle sourit, nostalgique, et se blottit contre lui.

— Et puis, pourquoi ce serait dommage ? lui demande-t-il.

— Parce que c'est une belle femme. Elle se néglige. En se coiffant et en se maquillant un peu...

— Elle fait ce qui lui plaît. Si elle se préfère au naturel, tant mieux. Qui sait, elle est peut-être ultraféministe, comme toutes celles qui ne s'épilent plus, ne mettent plus de soutien-gorge et...

Louise n'écoute plus. Elle grignote nonchalamment un bâton de réglisse, symbole essentiel de son enfance.

— Je vais l'aider.

— Hein ?

— Oui, c'est ça, je vais la relooker. Je n'ai qu'à prendre le mariage comme argument. Elle pensera du coup à autre chose qu'à chipoter. Aujourd'hui, elle a passé deux heures à tergiverser sur la composition florale. Et puis, grâce à moi, elle pourra peut-être coucher de nouveau avec son mari – en plus des quatre fois où ils ont conçu leurs enfants.

— Louise, tu vas arrêter !

— OK, il a dû y avoir quelques séances d'essai, donc plus de quatre fois en tout... Honnêtement, quand tu la regardes, tu te demandes si elle a déjà vu le loup. Impossible d'imaginer qu'elle a des gosses. Tout la choque ! La dernière fois, quand j'ai dit que mon caramel avait cramé le cul de la casserole, elle a failli avoir une syncope.

— Pour le caramel ?

— À cause du « cul » !

— Ah, quand même. Plus sérieusement, Louise, nous devons parler de Fabrice.

— Jessica l'a invité. Je suis d'accord avec toi, convier son ex à son mariage, c'est un peu bizarre, mais nous devons respecter le choix de notre fille.

— Il n'y a jamais rien eu de sérieux entre eux, non ? Tu ne m'en as jamais vraiment parlé. Ils ont juste… euh…

Il tousse pour cacher sa gêne.

— … passé une nuit ensemble, c'est bien ça ?

Louise sourit et caresse la joue de son mari.

— Mon Bernard, je ne te remercierai jamais assez pour tout ce que tu fais. Mais ce que tu peux être naïf, parfois. Je ne t'en ai jamais parlé, car imaginer Jessica avec quelqu'un te donne de l'urticaire. Mais je pensais que tu avais compris…

— Et qu'aurais-je dû comprendre ?

— Rien, mon chéri.

Soudain, Louise met le doigt sur la bouche de son mari pour lui intimer de se taire et mieux entendre la voix masculine qui leur parvient :

— Nous verrons, mais nous n'allons pas encore le révéler, tu as raison. Ce n'est peut-être pas le bon timing…

— C'est Nathan, chuchote Louise en avançant discrètement vers le couloir.

— Tu ne crois pas qu'espionner notre fils de 34 ans est une mauvaise idée ? s'insurge Bernard.

— Chut !

— Moi aussi, j'en ai envie, et je te promets que je te prouverai à quel point tu m'as manqué quand on se retrouvera, reprend Nathan. Tu ne mettras pas de culotte, ce ne sera pas nécessaire…

Louise chute, emportant avec elle l'étagère sur laquelle elle était appuyée. Nathan s'enferme illico dans sa chambre. Bernard aide sa femme à se relever et la sermonne :

— Voilà, ça t'apprendra à écouter aux portes ! Maintenant, je vais faire des cauchemars en imaginant Nathan avec... avec...

— C'est bien le problème. Avec qui ? Tu avoueras que Nathan est étrange en ce moment. De plus, je *n'écoutais pas aux portes*. Je suis dans ma cuisine, et j'en ai le droit. Je ne suis pas censée savoir que les conversations téléphoniques de mon fils passées dans le couloir sont lubriques ! Il vient passer les week-ends chez nous, il n'a qu'à passer ses coups de fil de... de pervers depuis chez lui.

Louise tend l'étagère en bois qu'elle a cassée à son mari.

— Et franchement, depuis le temps que je te dis qu'elles sont vermoulues...

Bernard soupire devant la mauvaise foi de son épouse, puis finit par sourire avec tendresse. Il préfère ne pas penser au prix exorbitant de la nouvelle décoration.

— Nathan a 34 ans, et il ne nous a présenté que des poupées sans cervelle et sans avenir, de vraies coquilles vides. Celle-là est différente, je le sens. *Il est différent.*

— Tu le sens ou tu l'espères ?

— Qu'importe, Bernard, si tu n'as pas confiance en mon intuition de maman. Nathan a changé, et je te promets que, d'ici au mariage, j'en aurai le cœur net. Quels que soient les moyens que je devrai employer.

— Ouh là, j'ai de quoi m'inquiéter...

Blog : Le « weddingue » de Jess et Baptiste

34 commentaires :

La décoration florale est parfaite ! Excellent choix ! Jess, ta belle-mère a beaucoup de goût.

Je t'embrasse, on se retrouve à la fin de la semaine pour ton EVJF ! Trop hâte ! Prévois des vêtements légers et d'autres plus chauds !

Myriam.

Chut, n'en dis pas plus, et surtout pas sur ce blog que le futur marié peut lire ! Ce qui se passera à Paris ce week-end restera à Paris !

Aude.

Le « futur marié » vous souhaite de vous amuser ! Profitez à fond !

Baptiste.

Depuis le temps que vous en parlez, on a l'impression que vous partez à Las Vegas.

Ce n'est qu'un week-end à Paris, hein, les filles ! Nous aussi, on va sortir entre mecs et on sera bien occupés !

Tom.

Ce que vous faites de vos week-ends nous importe peu, en fait – surtout à moi depuis un an (*private joke*). Mais je m'adressais à la future mariée. Faites la tournée des bars, allez voir des stripteaseuses et rentrez bourrés au petit matin si ça vous chante. De notre côté, le programme sera un peu plus intéressant.

Aude.

Filles : 1, garçons : 0.

Concernant le programme de l'EVG, tu ne dois pas être bien loin de la réalité, Aude… Cela dit, tu devrais te montrer honnête envers toi-même : ne plus vouloir d'une personne ne signifie pas qu'on aimerait la savoir dans les bras d'une autre… Justement, mon petit doigt me dit que, ce week-end, Tom ne laissera pas la gent féminine indifférente… Es-tu prête à l'imaginer susurrer des mots doux à l'oreille d'une inconnue ? Voire pire ?

Quant à toi, Tom, ne fais pas le fier. La simple idée qu'un homme puisse flirter avec Aude te donne la nausée. Alors de là à envisager qu'elle soit saoule dans un bar, entourée de célibataires… Je sais, oui, vous ne vous aimez plus. C'est comme ça. Bref, nous verrons bien qui rentrera avec qui !

Voilà pour le premier couple d'ex qui sera présent au mariage. Connaissez-vous le deuxième ?

Ces EVJF et EVG dégénèrent si facilement… Vous rendez-vous compte de ce qu'une personne un peu trop frustrée peut faire après avoir bu ? Affaire à suivre.

MP.

Mesdames, je ne suis pas invité, sinon vous auriez eu un stripteaseur gratuit à votre service ! Je propose même plus qu'une simple danse à la plus offrante !

Si vous saviez ce que j'ai fait dans ma jeunesse… De mon temps, les enterrements de vie de garçon, c'était autre chose ! Aucune retenue, on faisait ce que l'on voulait !

Cousin Charles.

Merci, Charles, mais ça ira.

Pas de folies, les filles, promis ? Je tiens à ma petite femme. Je serai sage de mon côté, juré craché.

Qu'insinues-tu, MP ? Il n'y a pas d'autres ex invités au mariage. Ou bien maman et cousin Charles auraient été en couple, et on ne m'aurait rien dit ? Je plaisante, bien sûr. Ma petite maman, ne va pas faire de malaise quand Hélène te lira ces mots.

Tout va bien se passer, je vous en fais le serment.

Baptiste.

Acte VIII

Le lâcher-prise

J-70 avant le mariage.

Dans les toilettes d'un bar.

Jessica, Aude – première témoin, meilleure amie de Jessica et ex-femme de Tom –, Myriam – deuxième témoin de Jessica –, Hélène – belle-sœur de Jessica –, Ella – belle-sœur de Jessica par alliance –, Anna – cousine de Baptiste que Jessica ne voulait pas inviter mais qu'elle a dû convier par souci des convenances –, Ariane et Julie – collègues de Jessica.

— La probabilité qu'ils soient là était de combien ? Une sur cent ? Sur mille ? Il y a pourtant plein d'endroits sympas à Paris, non ? Qui a choisi ce bar ?

Aude est tellement en colère que son visage d'habitude si doux a viré au rouge tomate trop cuite pour être comestible. Elle s'appuie sur le lavabo des toilettes et s'asperge d'eau pour se rafraîchir.

Julie essaie de la raisonner :

— Allez, ce n'est pas si grave. Le taxi que nous avions commandé n'arrive qu'à 3 heures, et il n'y a aucun Uber de libre en ce moment.

Myriam sort des toilettes et vient se laver les mains. Elle regarde Aude avec pitié.

— Il n'y a rien de surprenant à ce que les garçons soient là, eux aussi. C'est le nouvel établissement dont tout le monde parle. Mais on a déconné, on aurait dû confier notre plan à un des mecs, on aurait ainsi pu éviter ce genre de mésaventure. Enfin bon, pour l'instant ils restent dans leur coin, et Jessica a l'air trop éméchée pour s'en formaliser. Et puis, on se les est pas coltinés au restaurant, c'est déjà ça ! On va essayer de trouver un autre bar cool où se rendre à pied.

Julie reste sceptique mais ne sait pas comment le dire sans stresser Aude davantage.

— Le problème c'est qu'on est nombreuses. On peut regarder sur Internet les endroits sympas du coin, en espérant qu'on puisse y entrer si on appelle en y allant... Cela dit, vu comme Jessica s'est pendue au cou de Baptiste tout à l'heure, elle ne semble pas si stressée que ça, en effet. On n'avait pas prévu de stripteaseur, ça tombe bien.

— On est d'accord que ça n'a rien à voir ? Jess est peut-être trop saoule pour s'en rendre compte, mais passer une soirée rien qu'entre filles et en passer une avec nos mecs à côté, c'est différent. Pire encore quand il y a nos ex. Mon Dieu, c'est dramatique les filles !

— Aude, je t'accorde que c'est la poisse, mais il n'y a pas mort d'homme. « Dramatique » tu exagères un peu non ?

Aude n'a pas le temps de répondre qu'on entend des cris hystériques à l'extérieur des toilettes, comme si la chanson que tout le monde attendait venait de commencer. Sauf que les cris en question couvrent ladite chanson.

Myriam et Julie s'interrogent du regard. Aude semble encore plus perturbée qu'auparavant. Jessica déboule soudain dans les toilettes.

— Les fiiilles, je vous cherchais partout ! Vous ne devinerez jamais qui vient d'arriver ! C'est un truc de malade, il est encore plus beau en vrai. Venez !

Elle prend Julie par la main et la tire vers la salle. Myriam se tourne vers Aude en souriant.

— Cette soirée nous réserve bien des surprises, apparemment. Tu ne veux pas savoir de qui il s'agit ?

— Joss Stone.

— Hein ?

— C'est Joss Stone qui vient d'arriver. L'acteur de *Sous les toits de Paris*. Tu vois de qui je parle ?

— Oui, je crois. Je ne regarde pas les séries françaises et je ne suis pas branchée mecs, mais il me semble bien l'avoir vu à la télé.

— Il a signé un contrat de trois ans avec la chaîne.

Myriam, qui souriait jusqu'ici, se crispe légèrement.

— O-Kay, dit-elle en articulant exagérément. Pourquoi es-tu certaine qu'il soit ici ? Et pourquoi connais-tu les détails de son contrat ? Si tu ne voulais absolument pas croiser Tom, c'est parce que... Sérieusement, Aude... Ne me dis pas que tu te tapes...

— Joss – ou plutôt Jonathan. Eh bien, si. Je lui ai dit de passer nous rejoindre, je pensais que ce serait une bonne idée de faire la surprise aux filles...

— O-Kay. On est dans la merde, en fait. Et si Baptiste le prend mal ? Ton mec est super beau gosse, Jess va baver devant lui ! Et comment va réagir Tom ? Ton ex est du genre jaloux, à gâcher la soirée en faisant la gueule, non ? Aude, réponds-moi.

— Je n'en sais rien ! Baptiste peut se vexer, ce qui serait normal. Quant à Tom, il va forcément prendre la mouche. Pas par rapport à moi, mais parce que Jonathan va lui voler la vedette. Est-il capable de gâcher la soirée d'EVG de son frère ? Oui, carrément. Mais je ne savais pas qu'on se retrouverait tous au même endroit… Ne me regarde pas comme ça ! C'était une super idée, à la base, qui devait faire plaisir à Jess. Bref, on fait quoi maintenant ?

— On panique ! Non, je déconne. On réfléchit et on reste calmes. Tu t'enfuis par la fenêtre des toilettes. Si Jonathan ne te voit pas dans le bar, il quittera la soirée.

— C'est ça, ta version « on reste calmes » ? Je préfère paniquer, franchement. Il ne fait pas très chaud, dehors, ce soir, mon manteau est au vestiaire, mon portable est sur notre table et la fenêtre est super haute. Tu as un plan B ?

— Non ! Alors panique si tu veux mais sors d'ici. Je te rejoins dehors avec ton manteau et ton portable, tu appelles ton chéri et tu lui donnes rendez-vous ailleurs en lui disant qu'on le rejoint au plus vite.

— Tu crois vraiment qu'un mec dans son genre se fait balader facilement ?

— Je n'en sais rien ! Figure-toi que je ne suis jamais sortie avec un mec *dans son genre*, ni avec un mec tout court. C'est pour ça que je préfère les filles. Au moins, les filles, c'est plus facile. Enfin sauf les filles comme toi.

— Les filles « comme moi » ?

— Tu es trop belle Aude, trop gentille et trop douce. Tu es donc une fille à problèmes. Bref, je t'exposerai ma théorie plus tard. Pour le moment, tu dois sortir des toilettes et éloigner ton mec d'ici.

— On n'a pas de plan B ?

— Non. Ni de plan A ou C. Monte sur le rebord du lavabo, tu vas atteindre la fenêtre.

— Et ensuite ? Je me jette sur le trottoir ? Je vais me fracasser.

— Ne fais pas l'enfant ! Ce n'est pas si haut, normalement.

— Normalement ?

Ariane et Hélène entrent à ce moment-là dans les toilettes.

— Non mais... vous faites quoi ? Il y a le plus bel homme de la télévision française dans le bar, et vous, vous vous enfermez ici ? Cela dit, va falloir agir, car Joss Stone plaisante avec Jess, et Baptiste n'a pas l'air d'apprécier. Il ne dit rien car il est bien élevé, mais ça va finir par exploser. On dirait que Joss Stone n'en a que pour Jess parmi toutes les filles du bar ! C'est fou, non ? Elle est aux anges.

Hélène tend à Aude son téléphone.

— Tu l'as laissé sur notre table, et il ne fait que sonner. Un certain « Jonathan »... Désolée, je ne voulais pas regarder l'écran, mais son nom s'affichait en gros. Promis, je ne dirai rien à mon frère. Je trouve ça super que tu refasses ta vie. Tu en as le droit, chère ex-belle-sœur.

Sur ce, elle l'embrasse sur la joue et se rue sur les toilettes libres, à côté du box dans lequel Ariane vient de se précipiter.

— Elles sont toutes saoules ? s'inquiète Aude.

— Complètement, confirme Myriam. Bon, tu as ton portable maintenant. C'est parti pour le plan fenêtre !

Aude soupire, envoie un texto à son petit ami pour lui donner rendez-vous quelques rues plus loin, puis glisse son portable dans son soutien-gorge. Du haut de ses talons de dix centimètres et dans sa jupe ultra-serrée, elle monte maladroitement sur le rebord du lavabo. Myriam l'aide en lui poussant les fesses.

— N'en profite pas ! souffle Aude en essayant d'attraper la poignée de la fenêtre.

— Jamais !

Myriam prend un air faussement outré et relâche la pression, ce qui fait légèrement glisser Aude en arrière.

— OK, t'as gagné, je m'en fiche ! Pousse mes fesses et tiens-moi bien, je ne veux pas me péter une cheville !

Jessica entre dans les toilettes à l'instant même où Ariane sort de son box.

— Mais c'est quoi, ce bordel ? s'insurge Ariane.

Hélène sort à son tour, et, sans voir Aude plaquée contre le mur, se tourne vers Jessica pour lui demander :

— Il est parti, l'acteur ?

— Non, répond une Jessica effarée, qui fixe Aude des yeux. Julie, Anna et Ella discutent avec lui. Je lui ai dit que je venais vous chercher. Il demande après toi, Aude. Apparemment il te connaît !

Tout le monde se tourne dans sa direction, Hélène y compris. Aude a enfin réussi à ouvrir la fenêtre et s'est faufilée de l'autre côté.

— J'y suis presque ! Myriam vous racontera, les filles. On se retrouve dehors dans dix minutes et on va chez moi. Je fournis autant d'alcool que vous voulez !

— Je veux bien être bourrée, mais il y a des limites. C'est quoi, ce fichu bordel ?

Jessica fusille Myriam du regard, qui hausse innocemment les sourcils tout en poussant une dernière fois sur les escarpins d'Aude, ce qui propulse cette dernière sur le trottoir.

Myriam pousse un grand soupir, se frotte les mains et sourit de toutes ses dents :

— Sympa cette soirée, non ? Direction l'appart d'Aude pour l'after !

Le même soir.
Dans la rue.
Tom, John et Baptiste.

— De la beuh ? T'es sérieux, John ?

— Je te sens nerveux depuis que ce type est arrivé, Baptiste. Ce petit remontant va te détendre.

— Je suis nerveux depuis que les filles ont déboulé ! Jessica est complètement bourrée, ce qui, en soi, n'est pas un problème puisqu'elle est grande. Mais la voir minauder devant ce Ken gonflé aux hormones et avec ses fausses dents, ça me gonfle un peu. Bref, on n'a pas d'autre endroit où aller ?

Face aux regards surpris de ses frères, Baptiste se ravise :

— Bon, OK. J'avoue que ce serait lâche de partir et de laisser Jess avec ce mec. Pourquoi est-ce qu'il a foncé sur elle comme ça ? Il la connaît, ou quoi ?

Tom sourit.

— Arrête. Tu délires. Il a juste vu un groupe de belles femmes qu'il a identifiées comme des groupies en devenir, et il s'est rué dessus. Elles ont dû lui dire que c'était l'EVJF de Jess, et cet imbécile a joué les charmeurs. D'ailleurs, ça m'étonne qu'Aude ne se soit pas ruée dessus pour me faire râler. On ne l'a pas vue depuis qu'il est entré dans le bar.

— Franchement, t'abuses. Aude ne cherche pas constamment à te faire chier, tu sais.

Baptiste prend finalement le joint des mains de John.

— Ça ne peut pas me faire de mal, t'as raison. Ce n'est pas moi qui conduis, hein ?

— Aucun d'entre nous, t'inquiète.

— Cool. J'ai une question.

John prend le joint et tire dessus.

— Laquelle ?

— Vous en pensez quoi, de ce Fabrice ?

— Qui ça ?

— Le meilleur ami de Nathan.

— C'est difficile à dire, on ne l'a pas souvent vu. Pourquoi ?

— Je ne sais pas, comme ça. J'aime pas trop la façon dont il regarde Jess. Et si c'était lui, l'ex dont parle MP sur le blog ?

— Tu ne vas pas te mettre à lire ces ragots ! s'insurge Tom.

— Figure-toi que ça perturbe énormément Jess, or je la trouve suffisamment tendue en ce moment.

— Elle est perturbée de naissance ! C'est pour ça qu'elle te plaît, non ? Oh, et puis vous faites chier. Je veux tirer, moi aussi.

Tom s'empare du joint à son tour.

— On est dans une dimension parallèle, ou quoi ? Tom le sérieux fume un joint !

— Je t'emmerde.

— Je me disais aussi… On ne change jamais complètement. Allez, les mecs, prenons ça pour le calumet de la paix et mettons entre parenthèses nos soucis.

Baptiste tire une latte, et Tom sourit en coin.

— Vous aurez réussi à me dévergonder ! Baptiste, ne nous écoute pas, ta femme n'est pas chelou, elle est super. Si tu veux qu'on surveille cet acteur de mes deux, on le fera. Et je te conseille de parler à Jess à propos de Fabrice. Ou carrément à Nathan. Puisqu'il est là ce soir, profites-en. Vous n'avez jamais été proches, tous les deux, mais il l'est de sa sœur. Alors il serait temps que vous sympathisiez, non ?

— Ouais, t'as raison. Mais on dirait qu'il me fuit chaque fois que je veux lui parler seul à seul. Bon, j'y retourne, je vais essayer d'éclaircir tout ça.

Baptiste tire une dernière fois sur le joint, puis quitte ses frères pour rentrer dans le bar.

— Bravo, t'as joué à fond ton rôle de témoin, Tom. Tu lui as donné le conseil de la soirée. Toi qui es contre le mariage depuis ton divorce, t'as dû sacrément prendre sur toi ! Ou alors c'est le joint qui fait déjà effet ?

— C'est toi qui as parlé de calumet de la paix. Faut bien faire des efforts de temps en temps. Et sinon, que ta femme drague ouvertement ce type, ça ne te dérange pas ?

— Ella ?

— T'en as d'autres ?

— Ella n'est pas ma femme. Enfin, peut-être qu'elle le deviendra un jour, je n'en sais rien. Pour l'instant, on n'est pas mariés. Elle me fatigue… Devine : elle veut qu'on ait un enfant.

— Et alors ? Tu ne sais pas comment on les fait ? Tu veux que je t'explique ? T'as 30 ans, petit frère. C'est bien de commencer à y réfléchir, non ? À moins qu'elle ne soit pas la bonne…

— Je n'en sais rien. Ce n'est pas elle, le problème, c'est moi. Tout était écrit : le boulot de notaire, l'office de papa qu'on a repris, la femme, les enfants… On peut pourtant commettre des erreurs, non ?

— Oui, bien sûr. Regarde, ça m'est arrivé.

— Ah non, si tu parles encore d'Aude…

— Je ne vais pas te parler de nous, promis. Enfin le « nous » n'existe plus justement. Je ne regrette rien. Même si c'est l'impression que je donne parce que je suis un connard de râleur. Nina et Sacha, je ne les regrette pas. Ce sont les merveilles de ma vie. J'ai vécu des trucs super avec Aude, mais c'est fini aujourd'hui, point barre. On s'est connus trop jeunes et on a eu Nina trop tôt. On n'a pas eu le temps de grandir. On s'aimait, mais pas avec passion. Et la passion, justement, c'est important. Notre couple, c'était la routine. Bref, je ne suis pas fan d'Ella, mais elle a l'avantage d'être fougueuse et imprévisible. C'est peut-être ça dont on a besoin, ce grain de folie qui manque à notre famille.

— T'as raison, je ne suis qu'un idiot. Je vais prouver à Ella que je suis là ! Tiens, finis le joint, ça a l'air de te réussir. Tu te transformes en grand sage. Mais ne te laisse pas pousser la barbe, par contre !

Quelques instants plus tard, Tom sourit et tire une dernière bouffée avant d'écraser le joint par terre. Il souffle sur ses mains quand un bruit retentit au-dessus de sa tête. Une magnifique paire de fesses moulées dans une jupe en cuir et des talons aiguilles apparaissent dans son champ de vision, puis une femme s'écroule sur lui. Tandis qu'il essaie d'amortir la chute de la belle inconnue, ses cheveux frottent son visage. Puis il hume son parfum et son cœur se serre.

— Pardon, je suis désolée !

— Aude ?

— Tom ? Merde !

Elle se redresse. Tom se relève à son tour et frotte son manteau énergiquement pour le nettoyer.

— C'est quoi, ce...

Il n'a pas le temps de finir que l'acteur au sourire Colgate fait irruption.

— Aude, chérie, j'ai reçu ton message ! Tu dois être gelée.

Il la prend sans ses bras pour la réchauffer.

— Je vais appeler mon chauffeur. Si des fans me voient, c'est fini, on ne pourra jamais se rendre chez toi incognito.

Il l'embrasse sur le front, puis s'éloigne.

Aude, sans voix, regarde Tom en tremblant sous l'effet de l'appréhension et du froid. Il déglutit, puis ôte son manteau, qu'il met sur les épaules de son ex.

— Tu vois, je disais à l'instant à mon frère que ce qui a tué notre couple, c'était la routine. En fait, c'est certainement moi. J'avais oublié à quel point tu pouvais te montrer surprenante.

Elle articule un faible « merci », se penche pour l'embrasser sur la joue, puis monte dans la voiture de l'acteur sans même se retourner.

— Il me faut un autre joint...

Blog : « Le weddingue de Jess et Baptiste »

On dirait qu'il s'en est passé, des choses étranges, à ces soirées d'EVG et d'EVJF ! Je vais les résumer pour ceux qui n'ont pas eu la chance d'en être. Les futurs mariés ont créé ce blog pour qu'on partage tout, non ? Eh bien, partageons !

Pas de ragots de bas étage, je colporterai juste quelques faits croustillants, sans méchanceté aucune. La perfidie, ce n'est pas mon truc. Le gossip, si. Je trouve ce mot tellement plus cool que « commérage », tellement plus classe. Vous ne trouvez pas ?

Faisons le point. Ironie du sort, les demoiselles et les messieurs se sont retrouvés au même endroit. Et quelle ironie ! Car tout ne s'est pas passé comme prévu – à supposer que quelque chose ait été prévu.

Ce que j'insinue ? Parmi les plus de 61 000 bars et restaurants recensés à Paris – merci Google –, il a fallu qu'ils se retrouvent dans le même établissement ! Quelle coïncidence ! Je ne dis pas que c'était voulu, hein…

Bilan des courses : un fiancé jaloux qui surveille sa dulcinée, un homme perturbé qui recueille son ex-épouse dans ses bras après une évasion de celle-ci par la fenêtre des toilettes, un type désabusé qui laisse sa copine se faire draguer par un bellâtre et une jeune fille, pourtant si sage en temps normal, qui part avec le premier venu…

Hélène, j'espère que la nuit a été bonne ? Tu as bien raison : profite !

Anna, par contre, je suis inquiète. Es-tu sûre d'avoir fait le bon choix ?

MP.

3 commentaires :

Quoi ? Qui a couché avec qui ? Balancez les dossiers qu'on s'amuse ! Vous avez raison, les jeunes, il faut vivre !

Vous savez ce que l'on dit ? Un mariage sans tromperie n'est pas réussi ! Ne le prenez pas pour vous, Jessica et Baptiste, je suis sûr que vous serez heureux.

Cousin Charles.

Acte VII

Le doute

Le lendemain.

Rue des Marguerites.

Baptiste, Tom, John, Hélène, Liliane, Fred, Marie et sa fille Anna.

Baptiste tourne en rond. La soirée de la veille ne s'est pas du tout passée comme espéré. Nathan s'est montré distant, et Baptiste a eu beau lui tendre des perches, Nathan n'a pas cherché à la jouer ami-ami – ni même pote de beuverie. Cela confirme ses pires soupçons. Et si, en réalité, Nathan ne l'appréciait pas car il souhaitait avoir un autre beau-frère ?

Un dîner de famille est bien la dernière chose dont Baptiste a besoin, mais sa mère y tient. Et puis, les moments où les Bilbonne sont tous réunis sont rares.

— Mon chéri, tu es tracassé, lui lance Liliane en apportant le plat sur la table.

— Ça va, maman, ne t'inquiète pas.

— C'est lié au mariage, c'est normal. Tout le monde passe par là. Mais après quelques années, on s'y fait.

— C'est rassurant, rit John.

Il vole un bout de viande dans le plat, ce qui lui vaut une tape sur la main de la cuillère en bois que tient sa mère.

— Le mariage, ce n'est pas que du positif et des paillettes. Il faut faire des concessions si on veut que le couple tienne. Et ça commence dès les préparatifs du jour J.

— Des concessions ? s'insurge son époux. Lesquelles as-tu faites, maman ?

— Oh, arrête de m'appeler « maman » !

Tout le monde retient son souffle face à une Liliane énervée.

— C'est bien la première fois que je vous entends vous disputer, papa et toi, finit par s'étonner Hélène. En quel honneur ? Notre présence à tous les quatre ?

— Effectivement, ce n'est pas tous les jours qu'on vous reçoit tous.

— On aurait dû vous laisser en famille, souligne timidement Marie.

— Tu es ma sœur, voyons ! Tu n'es pas de la famille, peut-être ? Arrête un peu, tu sais bien que je suis ravie de t'avoir avec nous, s'impatiente Liliane.

— Je me demande qui peut bien être MP ? s'enquiert Anna pour changer de sujet.

— Une fille de petite vertu, sans aucune morale, s'emporte Marie. Oser parler ainsi des futurs mariés et des convives... Si je la tiens, celle-là...

— Tu lui ferais quoi, tatie ? demande Tom en souriant.

— Je… je… je ne sais pas, mais elle le regretterait. On ne bâtit pas un mariage sur des commérages. Quelle idée, aussi, d'avoir créé ce blog ! C'est une idée de Jessica, à coup sûr !

Baptiste en lâche sa fourchette.

— Qu'est-ce que tu insinues ?

— Rien, mon chéri. C'est juste que… je ne t'imagine pas tenir un journal public, c'est tout. Je n'ai pas dit que c'était une mauvaise idée…

Le repas se poursuit, et chacun tente de détourner la conversation en espérant secrètement que les derniers potins relatés par MP ne seront pas abordés. En leur for intérieur, tous se demandent ce qu'il s'est réellement passé à cette soirée d'EVG et d'EVJF.

Hélène a le nez dans son assiette, ce qui ne manque pas d'étonner Baptiste. Tom est, comme toujours, sur la défensive quand sa mère aborde le thème du couple et des concessions à faire, persuadé qu'elle le regarde avec insistance. Selon elle, son fils n'a pas montré le meilleur de lui-même auprès d'Aude. Agacé, Tom renchérit. S'il n'a pas montré le meilleur de lui-même en vingt ans, c'est peut-être, tout simplement, qu'il n'y a rien de bon en lui.

Tandis que la tension est à son comble, Frédéric intervient :

— Dis, John, est-ce qu'Ella va bien ? Pourquoi n'est-elle pas venue ?

Il est hors de question pour John de relater à ses proches la scène que sa fiancée lui a faite le matin même. Son obsession du moment : qu'il lui fasse un enfant.

— Une migraine l'a clouée au lit pour la soirée.

Chacun étant coutumier des « migraines » d'Ella, personne ne s'appesantit sur la question.

Liliane, qui aime tant recevoir ses proches dans la joie et la bonne humeur, en a l'estomac retourné, si bien qu'elle peut à peine manger. La mauvaise ambiance de ce soir, c'est encore la faute de ses belles-filles ! C'est incroyable, même en étant absentes, elles parviennent à jouer les trouble-fêtes. Finalement, la seule qui en valait vraiment la peine, c'était Aude. Sauf que Tom s'est montré incapable de la garder.

Cette Ella ne nous apporte que des ennuis... C'est un psy qu'elle devrait épouser, pas mon notaire de fils ! Quant à Hélène, n'en parlons pas. Le jour où elle nous ramènera un homme à la maison, les poules auront des dents.

Liliane n'espère qu'une chose : voir ses quatre enfants heureux et mariés. Selon elle, les deux vont de pair. Seulement voilà, sa fille Hélène ressemble de plus en plus à sa bigote de sœur. Liliane s'interroge encore sur la naissance d'Anna. Elle jurerait que Marie n'a jamais eu de relations avec un homme. Ces derniers la font fuir, elle devient acerbe chaque fois qu'un spécimen masculin s'approche d'elle – excepté les membres de la famille, bien sûr.

Liliane a arrêté depuis longtemps de lui présenter des hommes. Si sa sœur veut rester célibataire, soit ! Mais, pitié, faites qu'Hélène ne soit pas pareille... Et si sa fille était lesbienne ? Liliane devrait accepter une autre belle-fille ? Non, elle ne le supporterait pas. Pas qu'Hélène soit homosexuelle, car elle respecterait son choix, mais d'avoir une nouvelle belle-fille, car Liliane rêve d'un gendre aussi gentil et attentionné que ses fils.

Décidément, ce dîner qui devait être une fête lui mine le moral. Heureusement, c'est l'heure de son feuilleton français à la télévision, celui avec Joss Stone. Après avoir laissé le soin à ses enfants de débarrasser la table, elle file s'installer dans le salon avec son époux, Marie et Anna. Après tout, il faut bien que sa progéniture serve à quelque chose !

— Tout va bien ? lance Baptiste à sa sœur Hélène tandis qu'il remplit le lave-vaisselle.

— Oui, t'inquiète. Je suis juste fatiguée.

— Tu as les traits tirés depuis quelque temps. Tu as des soucis ?

— Non, non. Je suis juste crevée avec le boulot. J'ai beaucoup de taf en ce moment. Et toi, alors ? Qu'est-ce qui te tracasse ?

— Je trouve Jessica un peu distante. Impossible d'en savoir plus, elle ne se confie pas, et son idiot de frère n'arrange rien. Dès que je le vois, l'ambiance est glaciale. Je crois qu'il me déteste, mais je ne comprends pas pourquoi.

— Qu'est-ce qui te fait dire ça ?

Hélène rit pour la première fois de la soirée.

— Nathan fait tout le temps la gueule et m'évite constamment. Impossible d'avoir une conversation sérieuse avec lui. Est-ce qu'il imaginait sa sœur avec quelqu'un d'autre ou est-ce que c'est ma tête qui ne lui revient pas ? Impossible de savoir. Peut-être même qu'il préférerait savoir sa sœur seule plutôt qu'avec moi.

— Avec qui d'autre aimerait-il qu'elle soit ?

— Fabrice, bien sûr !

— Fabrice ? Le meilleur ami de Nathan ? Mais qu'est-ce qui a bien pu te mettre une idée pareille en tête ?

— Je ne sais pas, mais je deviens fou. Ça doit être à cause des préparatifs du mariage, maman a raison.

— Maman a raison ? OK, je confirme, tu deviens fou.

Hélène rit de plus belle, ce qui finit par faire sourire son frère.

— Je préfère te voir comme ça, même si au fond tu te fous de moi. Je sais que Jessica me cache des choses, tout le monde a ses petits secrets... Elle m'a parlé d'un garçon qui a compté pour elle quand elle était plus jeune, son premier amour, je crois. Mais elle s'est toujours montrée évasive. Et je suis en train de me persuader que ça pourrait être Fabrice. C'est Mehdi qui m'a mis la puce à l'oreille lors d'un déjeuner cet été avec tout le monde. C'est vrai que ce type regarde ma femme d'une manière un peu trop insistante, et je n'aime pas ça.

— Quel est le rapport avec Nathan du coup ?

— Nathan ? Aucun, c'est juste que s'il est au courant de leur passé, je comprends mieux son animosité envers moi. Je dois absolument réussir à lui parler. Tu vois, à l'EVG, il a disparu en même temps que les filles. Il a disparu alors qu'il semblait s'amuser avec nous pour une fois.

— Tu ne crois pas que c'est à Jessica que tu devrais en parler ?

— Hélène n'a pas tort, enchérit Tom, qui entre dans la cuisine avec des assiettes. Désolé, j'ai surpris la fin de votre conversation. « Les concessions », comme dit maman, même si selon elle je n'ai pas su en faire, ça commence par une bonne conversation. Communiquer, c'est la base. Et puis, accepter de discuter de choses qui nous dérangent, c'est déjà un bon début...

Tom sort une bouteille de liqueur et en verse dans trois petits verres. Chose surprenante, Hélène décline la proposition, ce qui surprend ses frères. John arrive dans la pièce et s'empare de son verre. Mais alors qu'ils s'apprêtent à trinquer, Anna déboule.

— J'en étais sûre, les cousins ! Avec vous, « je vais remplir le lave-vaisselle », c'est signe de cachotteries.

— Sale fouine ! se moque John.

— Tu me sers ?

— Moi qui te croyais aussi sage que ta mère..., la titille Tom.

— Il ne faut jamais se fier aux apparences.

Tous terminent de ranger les restes du dîner tout en se racontant leurs dernières anecdotes professionnelles, ce qui leur change les idées. Hélène, épuisée, monte se coucher, tandis que Baptiste et Tom rentrent respectivement chez eux. Une fois la série télé terminée, Marie et Anna partent à leur tour. Quant à John, il annonce à ses parents préférer rester dormir chez eux, dans son ancienne chambre. Puisqu'il habite loin, cela ne les choque pas. Disons plutôt que ses parents ne veulent pas lui demander pourquoi il ne fait pas l'effort de rentrer retrouver Ella. Car, en vérité, ils ont déjà la réponse à leur question.

Après s'être douché, John entre dans sa chambre plongée dans le noir. Il va pour se coucher quand il sent un frôlement contre son torse nu.

— On ne devrait pas.

— Ce n'est pas pour ça que tu es resté ?

— Non, je suis crevé, je l'ai dit.

Une main manucurée se promène sur son bas de pyjama en coton.

— Je te trouve tendu, John, or je veux justement t'aider à te détendre. On ne fait rien de mal, il n'y aura jamais rien de sérieux entre nous.

Un souffle chaud caresse sa nuque, puis la main féminine passe sous l'élastique de son vêtement pour aller le caresser. Le contact des doigts sur sa peau nue lui donne des frissons. Il sait qu'il ne pourra pas résister, comme toujours. Il soulève alors sa partenaire, la place à califourchon sur lui. Elle l'enlace de ses jambes, et ils se laissent tomber sur le lit.

John soulève la jupe, puis se déshabille intégralement. Il ne se reconnaît pas, une fois de plus. Jamais il ne prend Ella sauvagement de la sorte. Voilà qui ne lui ressemble pas. Mais cette fille est comme une drogue, à laquelle il est addict. Il n'a désormais plus rien du gentil John.

— Anna, putain, gronde-t-il tandis qu'ils font l'amour. On a déjà failli se faire griller à l'EVG... Un jour on va se faire prendre.

Elle retient un cri et sourit dans la pénombre.

— Personne ne peut se douter de quoi que ce soit, même pas nous... Continue, je disparaîtrai comme je suis venue...

Au même moment.
Rue de la Sauge.
Louise, Bernard, Pierre, Nathan et Jessica.

— Ça fait du bien de vous avoir tous les deux.

— On se voit souvent, maman, arrête de nous sortir les violons ! On n'habite pas loin, Nathan et moi, et on est même toujours fourrés chez vous.

— Oui, mais je veux dire, seuls, sans les conjoints.

Louise se fige et comprend l'énorme bourde qu'elle vient de commettre. Pierre ricane et Bernard fait les gros yeux à sa femme.

— Tu as quelque chose à m'avouer, maman ? Dis-le-moi si tu n'apprécies pas Baptiste, hein. Parce que vu que Nathan n'a jamais ramené une seule fille, j'ai bien compris que j'étais visée.

Jessica sort de ses gonds facilement. Mais pour une fois, Nathan a tendance à lui donner raison.

— Désolée, ma chérie, je me suis mal exprimée. Ça fait longtemps que Baptiste et toi êtes ensemble, alors si je ne l'aimais pas, je te l'aurais déjà dit. Tu ne crois pas ? C'est que ton mariage me rend nerveuse, voilà tout. J'angoisse de ne pas rentrer dans ma robe. J'ai fait trop d'excès ces derniers temps, donc j'ai grossi. Je sais, il faut que j'arrête le chocolat, mais le sucre, c'est la vie. Bref, Baptiste est adorable. Et puis, en réalité, c'est toi qui m'inquiètes. Je te trouve tendue, plus que moi, même, ce qui n'est pas normal. C'est moi, normalement, la stressée de la famille !

— Je suis un peu tendue, oui, parce que j'ai peur que rien ne se passe comme prévu. En même temps, à la base, je ne voulais pas me marier. En plus les mariages de conte de fées ne m'ont jamais fait rêver, alors je ne comprends pas pourquoi ça me tient autant à cœur.

— C'est toujours comme ça, enchérit Pierre. On ne veut pas, et quand on commence, on se prend au jeu ! J'ai vu nombre de femmes refuser de se marier, puis se transformer du jour au lendemain en harpies prêtes à vendre leurs grands-mères pour avoir le plus beau des mariages !

Louise rigole.

— Ce que j'aime avec Pierre, c'est qu'il n'exagère jamais. Jessica, ma chérie, est-ce que c'est MP qui t'angoisse ? Tu veux que l'on trouve une solution avec ton père ?

Bernard jette un regard paniqué à son épouse.

— Non, même pas. Au début, ça m'a fait peur, mais en y réfléchissant bien, MP n'invente rien. Ce qu'elle révèle s'est réellement passé. C'est moi, ou il se passe plein de choses anormales en ce moment ? J'ai l'impression que tout le monde cache quelque chose, voilà ce qui m'angoisse. C'est comme une bombe à retardement qui pourrait exploser le jour de mon mariage.

— N'importe quoi, ricane Nathan en se levant pour aller dans la cuisine.

— C'est vrai ! Je ne sais pas comment l'expliquer, c'est une sensation désagréable. Une sorte de prémonition.

— Ma chérie, les prémonitions n'existent pas, la rassure son père. Ce ne sont que des sentiments, des données que ton cerveau compile sans vraiment les comprendre, qu'il analysera plus tard. C'est ce que certains appellent l'intuition. Dans ton cas, pour la première fois, tu t'intéresses aux autres, donc tu te rends compte que chacun a ses propres secrets.

— Pour la première fois ? Merci. Suis-je donc si égoïste en temps normal ?

— Plutôt, oui, confirme Nathan, qui dépose des pâtes de fruits sur la table.

— Arrête de t'empiffrer, le réprimande sa mère. Tu as de la chance, tu ne prends pas un gramme, toi ! T'es bien un homme, tiens. Moi ce n'est pas la même chose...

Louise s'empare de sucreries qu'elle trifouille sans pour autant les manger.

— Allez, ma chérie, fais-toi plaisir. On a passé l'âge de faire des régimes, l'encourage Bernard en la couvant du regard.

— Et si je commettais une erreur en épousant Baptiste ?

Jessica sent une boule se former dans sa gorge. Elle ne sait pas ce qui lui prend, c'est la première fois qu'elle exprime ses doutes à voix haute.

— N'importe quoi ! se moque Nathan. Et tu te verrais avec qui d'autre ? Je n'ai jamais vu un mec t'aimer autant que lui. C'est le premier pour lequel tu fais des efforts. Alors ne gâche pas tout avec tes questionnements stupides.

— Nathan ? C'est toi qui parles ? Qu'avez-vous fait de mon frère ? C'est la première fois que je t'entends dire un truc gentil sur Baptiste ! Qu'est-ce qui t'arrive ?

— Arrête, je l'ai déjà fait. C'est juste que personne ne m'écoute. J'ai 34 ans mais vous me regardez tous comme si j'étais un gamin sans avis valable, c'est pas croyable.

— Mon chéri, c'est peut-être parce que, jusqu'à présent, tu t'es toujours comporté en tant que tel. Si tu rencontrais quelqu'un, peut-être que ça t'aiderait à mûrir...

— Moi ? Me caser ? Certainement pas. Devenir hystérique dès qu'elle appelle, me demander où elle est et avec qui ? Pour tout l'or du monde, non. Je suis libre et fier de l'être. Tout comme Fabrice.

— Évidemment... Fabrice. Toujours seul, lui aussi ! Un si beau garçon...

— Eh oui, comme moi, maman. Peut-être qu'on finira ensemble, d'ailleurs.

— Ma foi, si vous voulez, mais je ne suis pas sûre que Fabrice te supporte bien longtemps. Qu'en penses-tu, Jessica ? Tu es avec nous ? Il est quand même très séduisant, Fabrice, non ? Si tu étais célibataire, tu resterais insensible à ses charmes ?

— Maman, t'es lourde.

Jessica se lève soudain pour aller récupérer son manteau.

— C'est bon, je rentre. J'ai dit et entendu assez de bêtises pour ce soir.

— Pardon, chérie, je ne voulais pas t'embêter. Je plaisantais, promis. Et puis ton frère dit n'importe quoi. Fabrice est en couple, je l'ai croisé main dans la main avec une fille. Celle que tu n'aimais pas au lycée, Maëlys, je crois.

Jessica se crispe.

— Il est avec Maëlys ?

— Je crois, oui, répond Nathan en allant dans la cuisine chercher autre chose à grignoter.

Jessica se radoucit devant l'air gêné de sa mère. Il est hors de question qu'elle lui donne raison.

— Je m'en fiche, maman, de qui sort avec Fabrice. Mais depuis ton opération, je ne te reconnais plus. Tu adorais Baptiste, et soudain tu n'arrêtes pas de me faire douter. À force de me laisser sous-entendre des choses, tu me fais hésiter. Je sais que tu es stressée et que tu te poses des questions depuis ton cancer, c'est normal. Mais tu t'en es sortie, tu n'as plus rien à craindre. Tu es en rémission, et je veux que tu profites. On le veut tous. Mais, s'il te plaît, arrête de vouloir diriger tous ceux qui t'entourent. Je ne suis jamais vraiment sortie avec Fabrice. Ça a duré un mois à tout casser il y a longtemps. Il n'y aura plus jamais rien entre lui et moi. Ça ne compte plus, je ne l'aime plus. C'est Baptiste que je vais épouser !

— Quoi ?

Nathan revient en courant dans le salon.

— Tu as couché avec Fabrice ? Quand ?

— Oh, Nathan, c'était il y a longtemps !

Il jette un regard furieux à sa sœur, puis à ses parents.

— Donc tout le monde savait sauf moi. J'hésite entre poser mille questions ou carrément me taire.

— Alors ne dis rien, renchérit Louise. Je n'aurais jamais dû lancer le débat, je ne sais pas ce qui m'a pris. Tu vas épouser Baptiste, un homme bien. N'importe quelle mère le voudrait pour gendre. Vous vous aimez, c'est évident, ma chérie.

Elle embrasse sa fille pour lui dire au revoir.

Dans la cuisine, Louise termine de nettoyer le plan de travail, l'éternel rituel qui la rassure, quand son époux la rejoint.

— Ne dis rien, Bernard. Ne dis rien.

Il prend sa femme dans ses bras avec tendresse.

— Tu sais pourtant ce que j'en pense.

Soudain, on toque à la porte. Pierre vient les saluer avant de partir. Les deux amis se serrent la main tandis que Pierre sourit doucement à Louise.

Cela fait quarante-trois ans que Bernard et Pierre se connaissent. Ils ont fait leur service militaire ensemble, ont traversé beaucoup de moments de joie et surmonté beaucoup de peines. Un simple regard leur suffit pour se comprendre. Pourtant, même après toutes ces années, ils continuent de se serrer la main avec le formalisme habituel à leur génération.

Mais cela fait aussi quarante ans que Pierre est amoureux de Louise. Depuis le jour où Bernard l'a rencontrée, depuis la seconde où il a croisé ses yeux verts. Cela fait quarante ans que Louise a choisi Bernard et que Pierre l'accepte. Bernard connaît les sentiments de son ami à l'égard de son épouse, mais personne ne dit rien. Ça ne se fait pas. Personne ne franchira la limite.

Le silence, le respect, les non-dits, la joie de savoir Bernard et Louise heureux et de n'être que l'ami du couple… Celui dans l'ombre, qui a vu naître leurs deux enfants et qui les considère comme ceux qu'il n'aura jamais. La tristesse, parfois, de rentrer seul le soir et la joie de venir chaque dimanche déjeuner chez eux. La joie de picorer un peu de leur bonheur comme on grappille des grains de raisin, la culpabilité en plus. La joie d'être sur toutes leurs photos de famille…

Plus de parents de ce monde, pas de frère ni de sœur, pas d'épouse avec qui partager les petits riens de la vie. Pierre a pourtant essayé, mais aucune de ses ex ne s'est jamais révélée être à la hauteur de Louise et aucune n'a supporté l'attachement qu'il portait à cette famille qui n'était pourtant pas la sienne. Pierre est la fameuse cinquième roue du carrosse, la chandelle qui reste allumée quand tous les autres vont se coucher.

Mais Pierre est heureux. Son existence lui convient. Il a toujours été solitaire. Même quand, tout jeunes encore, Bernard et lui ont traversé le pire. Même quand, durant leur service militaire, l'entraînement a mal tourné. Pierre a accepté son destin au fond de cette crevasse, par cette température de – 35 degrés. Il allait mourir. Mais alors que le froid le tétanisait et que son cerveau s'engourdissait, la voix de Bernard l'a sauvé. C'est Bernard qui l'a cherché avec ténacité et l'a trouvé. Bernard, qui n'était alors qu'un collègue de galère, n'a rien lâché. Il a pris des risques, par ce froid polaire, à rester sans bouger pour parler à Pierre et le maintenir ainsi éveillé jusqu'à ce que les secours arrivent. Des années plus tard, dans ses cauchemars, Pierre entend encore cette voix amie et salvatrice.

Tandis qu'il repense à tout ça, il sourit et quitte la maison du couple. Il remonte son col et s'engage dans l'allée pour rejoindre sa voiture lorsqu'il entend Nathan qui chuchote au téléphone.

Étonné, il avance discrètement – une habitude héritée de son service militaire.

— Je te rejoins. J'ai besoin de te voir. Bien sûr que je crois en nous, mais ça va trop vite... Enfin, non, ce n'est pas ce que je voulais dire. En fait, je ne sais pas comment ils vont réagir. Ma mère est bizarre en ce moment, et pour tout te dire, je suis inquiet... Je ne dis pas ça pour te faire craquer, je ne suis pas con à ce point... Tu me connais peut-être mieux que je ne me connais moi-même, et ça me fait peur. Je... Non, ne raccroche pas... Je ne peux pas accepter pour l'instant. Laisse-moi encore un peu de temps...

De là où il se trouve, Pierre voit Nathan jeter rageusement son téléphone sur la pelouse. Le jeune homme pousse un juron. Pierre s'éloigne à pas de loup tout en méditant sur l'identité de la personne à l'autre bout de la ligne.

La même nuit.
Rue des Soucis.
Tom et Aude.

C'est son tour. Tom part de chez ses parents et se rend rue des Soucis, qui porte bien son nom car c'est là que se situe l'ancien appartement qu'il avait acheté avec Aude. Comme tous ces couples divorcés « modernes », ils ont décidé de garder l'appartement pour que les enfants aient une certaine stabilité. En cette fin de semaine, il peut rentrer « chez lui ». Les soucis en question, mentionnés sur la plaque, ce sont les fleurs. Mais pour Tom, si ce lieu le rend heureux quand il y récupère ses enfants, il reste l'endroit maudit de sa séparation.

Quand il ne vit pas dans le grand appartement en plein centre, il retourne chez ses parents. À 38 ans, quel méchant coup du destin ! Aude, quant à elle, a été moins raisonnable financièrement – mais plus adulte : elle s'est pris un studio de l'autre côté de la ville. Ainsi, elle a gardé son autonomie, et par là même, sa dignité. Pour Tom, dont l'office notarial se trouve à deux pas de chez ses parents, s'installer chez eux fut une évidence quand son cerveau était déjà saturé par les documents du divorce. Le matin, il n'a qu'à descendre la rue, remonter la perpendiculaire, et le voilà le premier arrivé au boulot. Un petit café sur la place, et hop, il ouvre à 7 h 30. La semaine suivante, il réveille tranquillement les enfants, prend le temps de petit-déjeuner avec eux avant de conduire Sacha à l'école et Nina au collège, puis il insulte la moitié de la population dans les embouteillages avant d'aller garer sa voiture au parking payant en face de l'office.

C'est le soir de « l'échange ». Aude va retourner avec son acteur de série B dans son appartement de célibataire. Tom va quitter la triste maison de ses parents – dans laquelle il se met en mode pilote automatique et rentre dans les chaussons que sa mère met à sa disposition, au sens propre comme au figuré – et retrouver le dynamisme de ses enfants, rire avec eux, improviser des soirées crêpes, jouer le taxi pour les emmener à leurs activités diverses ou aux soirées chez des copains et éprouver encore plus cruellement le manque de sa femme, dont il sentira le parfum dans chaque pièce et la présence en chaque objet.

En arrivant devant la porte de l'immeuble, Tom a un haut-le-cœur. Le beau gosse appuyé contre la BMW dernier cri garée devant la porte, qui parle avec le chauffeur et qui est en train de fumer une cigarette, n'est autre que cet acteur qui a déboulé dans le bar le soir de l'EVG pour lui voler sa femme. Car, pour Tom, qu'il le reconnaisse ou non à voix haute, Aude sera toujours sa femme. Il ne s'agit pas de sémantique d'appartenance machiste et possessive, mais, au fond de lui, il n'aura plus jamais personne dans la peau. Depuis un an, il n'a pas été capable d'en avoir une autre, hormis cette inconnue qui lui a fait du rentre-dedans et lui a donné un sentiment de dégoût de lui-même encore plus puissant le lendemain matin au réveil.

Celle qui le fait vibrer, qui peuple ses rêves érotiques la nuit, la seule qui lui donne la chair de poule en plein été quand elle rit, c'est elle, sa femme – et maintenant ex-femme –, Aude. Comble de l'ironie, car son couple s'est justement éteint par manque de flamme et de passion. Depuis leur divorce, contre lequel il ne s'est pas battu, son seul argument étant le bien-être des enfants, ce qui n'a pas du tout réussi à convaincre Aude de leur laisser une énième chance, cette passion qui ne s'était pas exprimée au cours de leur mariage lui a brûlé les pores de la peau, et du plus profond de son âme, il sait qu'il n'en désirera et n'en aimera jamais une autre de la même façon. Tom est un homme routinier, casanier. Reconnaître ce genre de chose à voix haute est une révolution qu'il n'est pas encore prêt à mener.

Ce soir, dans son train-train de bon père de famille, avec son costume de papa modèle enfilé pour la semaine, voir l'amant de sa femme au pied de l'immeuble – symbole de son ancienne vie – le fait sortir de ses gonds. Sa fille Nina dirait qu'il a « pété une durite », et c'est bien le sentiment qu'il ressent en montant les marches quatre à quatre. Comme si le neurone chargé de la gestion de soi, du bien-parler et de la conduite exemplaire s'était mis en veille pour un temps indéterminé pour céder la place à celui de l'impulsivité, de la vengeance et de l'agressivité.

Il entre dans l'appartement en trombe et tombe sur Aude en robe noire dos nu, symbole de l'élégance, debout dans le salon avec un verre de vin à la main. Son cerveau a juste le temps d'envoyer un signal dans le bas de son ventre avant de donner carte blanche à sa colère pour s'exprimer :

— Tu te fous de ma gueule ?

— Pardon ?

Aude écarquille les yeux.

— Il vient à l'appartement, maintenant ? C'est rapide, dis donc ! C'est le nouvel homme de ta vie ? Le mariage est prévu pour quand ?

— Mais tu délires, Tom ! Et parle moins fort, Nina et Sacha viennent de s'endormir. Vu l'heure tardive à laquelle tu arrives, ils étaient trop crevés pour t'attendre.

— Je t'avais dit que je dînais chez mes parents, qu'il y aurait tout le monde. J'ai fait au plus vite.

Aude regarde la fine montre qui pend délicatement à son poignet, ce qui a le don de mettre Tom encore plus en colère sans qu'il sache pourquoi.

— Il est 23 heures, Tom ! Je ne suis pas à ton service. On devrait établir d'autres règles. Si tu décides de rentrer à minuit, je dois poireauter sans rien dire ? Au détriment de ma vie privée ?

— Ta vie privée ? Il s'agit de nos enfants, Aude ! Comment oses-tu faire passer ce comédien de publicité de dentifrice avant tes propres enfants ?

Cette fois, il va trop loin. Aude, qui tentait de rester impassible, finit par exploser :

— T'es un salaud ! Comment peux-tu laisser croire un seul instant que c'est le cas ? Jamais Jo n'est monté ici, le sanctuaire de notre famille, déchue soit dit au passage. Et puis on a l'impression que le temps s'est arrêté et que personne n'assume le fait que nous ne sommes plus en couple, mais on en reparlera plus tard. Revenons à l'essentiel : ma vie privée ne te regarde pas, Tom. Elle est « privée », tu n'entres plus dans ce cadre. Si tu n'as pas de vie, c'est ton problème. Si on s'est séparés, c'est justement parce qu'on ne vivait plus, ni l'un ni l'autre. Que tu aies choisi de ne rien y changer, ça te regarde, mais pour ma part, je vais de l'avant, et ce ne sera jamais au détriment de mes enfants, que j'aime plus que tout au monde ! Si tu oses prétendre l'inverse une nouvelle fois, je te garantis que je te...

— Tu quoi, Aude ?

Tom s'approche d'elle, la colère lui brouille la vue. Quand il est plus près, assez pour avoir humé les premiers effluves du parfum délicat et pour détecter l'odeur de fleur d'oranger sur sa peau, sa colère retombe.

— Je n'ai pas choisi de vivre en ermite, contrairement à ce que tu crois. Je sais que les enfants sont importants pour toi. Tellement importants que je n'avais plus ma place. Il n'y a pas que moi qui ai commis des erreurs, Aude. Mais c'est du passé, on ne va pas en reparler sans cesse. Moi aussi, je vis, figure-toi, et je viens de prendre une location. Recevoir des femmes chez mes parents n'est pas la meilleure des solutions, je m'en suis bien rendu compte. Puisque tu ne fais plus partie de mon « privé » non plus, je n'ai pas jugé bon de t'en avertir. Et tu as raison, cet appartement est ridicule, proposons aux enfants de le redécorer en enlevant toute trace d'un passé qui, je le confirme, ne convenait à aucun de nous deux.

Tom vient de mentir éhontément au sujet de sa location, qui est encore loin d'être finalisée, mais il se promet d'y aller demain à la première heure. Une improvisation certainement dictée par le fameux neurone de la vengeance qui lui fait du bien, car, effectivement, ce n'est pas une mauvaise idée. Quant au mensonge encore plus gros d'amener des femmes chez ses parents... Décidément, l'adrénaline et la colère peuvent avoir du bon.

Aude fléchit légèrement sur ses jambes et se sent soudain épuisée. Elle s'éloigne pour fuir les yeux bleu acier de Tom, qui semblent toujours percer son âme, et pose son verre sur la table basse. Elle avait oublié la puissance de ce regard. Non, elle n'avait pas oublié, mais elle préférait ne pas y penser pour ne pas souffrir davantage.

— Je... je vais y aller. Ma voiture est en panne, Joss a proposé de passer me prendre pour m'emmener dîner. Ça doit faire une demi-heure qu'il m'attend. J'avais prévu que tu ne serais pas là à 21 heures comme convenu, mais je ne pensais pas pour autant que tu arriverais à 23 heures. Quant au fait que j'aie des défauts, rassure-toi, je le sais. Je ne cesse de me demander ce que j'aurais pu faire. Comme depuis le divorce, tu ne dis plus rien, je ne peux qu'essayer de deviner. Si encore tu m'avais hurlé dessus comme tu viens de le faire, j'aurais eu des pistes de travail. Puisque tu ne t'es battu pour rien, il m'était difficile de savoir ce qui comptait et ce qui ne comptait pas pour toi, Tom. La seule chose sur laquelle on est d'accord, c'est quand tu prétends que j'ai toujours fait passer les enfants avant notre couple. Eh bien félicitations, nous avons au moins un point commun. Tu vois, à vouloir être les meilleurs parents du monde, on a peut-être oublié d'être des amants.

Elle prend son manteau dans l'entrée, puis se retourne.

— Mais bon, ça ne t'intéressait peut-être pas tant que ça. Du moins, pas avec moi. Si ça marche avec d'autres femmes, tant mieux...

Alors qu'elle enfile son vêtement, Tom se laisse porter par une impulsion. Il s'avance vers elle et referme la porte d'un coup sec, gardant la main contre le battant pour qu'Aude ne puisse pas l'ouvrir. Il appuie fort sans s'en rendre compte, comme si sa vie allait s'arrêter si elle sortait. Tom est bien plus proche d'Aude qu'il ne peut le supporter. La senteur de fleur d'oranger lui monte au cerveau et semble brouiller toute pensée cohérente. Le pire, c'est qu'à ce moment-là, son envie d'elle n'a jamais été aussi violente.

— Aude… Que ça te plaise ou non… ça ne m'a jamais autant intéressé qu'avec toi.

Il frôle son visage. Aude, tétanisée, ne semble pas pouvoir esquisser le moindre mouvement. Le temps est remonté, comme dans un film qui comporterait un soupçon de magie. Aude a 18 ans, elle n'en revient pas que cet homme séduisant, au regard si bleu et aux fossettes encadrant la bouche, se rapproche d'elle pour l'embrasser. Elle le trouve si beau quand il est passionné, si jeune, si fougueux. Elle avait oublié qu'il pouvait être « ça ». Elle ferme les yeux et savoure le contact de sa main qui lui caresse la joue, le menton. Elle se sent bien, entourée de sa chaleur corporelle. Elle est envoûtée, mais au fond d'elle, elle ne s'est jamais sentie aussi libre, aussi vivante. Ce qu'elle ressent est totalement paradoxal, contradictoire, mais elle s'en fiche complètement. Elle…

Le son strident et désagréable de l'interphone la fait sursauter.

Elle ouvre les yeux et plonge dans le regard dur de Tom, qui rafraîchit la pièce de plusieurs degrés. Sa colère est palpable, pourtant il ne s'éloigne pas. Comme si, au fond de lui, c'était une victoire. Même s'il n'a jamais été sûr de lui, pour une fois, peut-être la première fois de sa vie, Tom sait qu'il a une carte à jouer. Il sent Aude contre lui. À cet instant, il a un pouvoir sur elle, et il ne compte pas rendre l'avantage à celui qu'il considère comme son adversaire.

Il laisse sa main sur la joue d'Aude et descend le long de son cou pour lui caresser la gorge. Elle est hypnotisée et se laisse faire. De sa main libre, celle qui n'est pas collée contre le corps de Tom, elle saisit l'interphone et décroche :

— Aude ? Tu descends ? Le père des gamins est rentré, non ?

Tom lui lève la tête d'une main, vient l'embrasser doucement au creux de l'épaule, puis remonte près de son oreille. Il sent Aude trembler, ce qui ne fait que renforcer son envie de l'embrasser et de la maintenir à jamais ainsi. Elle murmure un vague « j'arrive » et raccroche. Tom a envie de hurler victoire. Car, oui, pour lui, à cet instant, c'en est une. Il fait de l'effet à sa femme, ce qu'il n'avait plus cru possible depuis de si nombreuses années.

Il sourit doucement tout en l'effleurant à peine, de peur que le mirage se dissipe.

— Papa ? Tu es arrivé ? Maman, c'est papa qui a sonné ?

Tom s'éloigne vivement, comme on s'éjecte d'un endroit dangereux. Sacha arrive dans le salon en pyjama et se jette dans les bras de son père.

— Papaaa !

Aude en profite pour ouvrir la porte et partir en courant. Le mirage vient bel et bien de se dissiper, la magie est rompue. Dents Blanches a gagné. En sonnant, il a réveillé les enfants et remis Tom à sa place de père. Lui a repris la sienne, détestable, d'amant.

Alors qu'il porte son fils et le remet au lit en le berçant, l'abattement fait soudain place à un sentiment nouveau. Après tout, il a un avantage. Lui, Tom, a un sacré avantage, et il vient seulement de le comprendre.

Il sort de la chambre de son fils, passe doucement embrasser sa fille, qui dort profondément, et retourne dans le salon. Il prend le verre qu'Aude a posé sur la table basse, le porte à sa bouche pour boire la dernière gorgée de vin, et le souvenir de son parfum lui revient, pour bien le torturer une dernière fois.

En se repassant la scène dans la tête, il comprend qu'il a fait trembler sa femme. Serait-il prétentieux de dire qu'elle était excitée, même ? Si personne n'était intervenu, y aurait-il eu plus ?

Ce que Tom ne savait plus faire, c'est intéresser une femme. Il va donc s'y remettre. Une semaine sur deux, il peut être autre chose qu'un père. Il va reprendre du poil de la bête, et, pour commencer, déposer le chèque de caution pour louer cet appartement qu'il a repéré à la périphérie de la ville. Son inconscient lui dicte que c'était la meilleure chose à faire. Il va s'entraîner, draguer, vivre et réfléchir à ce qu'il veut et comment il envisage l'avenir. Mais une chose est sûre, si Aude veut retrouver sa place, même une toute petite, dans sa vie, il y réfléchira à deux fois. Car, en un an, il a trop souffert. En plus d'un an, soyons honnêtes. Ça fait bien plus d'un an qu'ils se sont éloignés l'un de l'autre, ne formant plus un couple et étant uniquement des parents.

Si l'épisode de ce soir lui révèle qu'il peut redevenir un amant et séduire, est-ce que ça vaut pour autant la peine de tout gâcher et de souffrir alors que son cœur commence à peine à guérir ? Il est temps pour Tom de réfléchir à suivre d'autres chemins que ceux qu'il a toujours empruntés « par défaut ».

Acte VI

La folie

J-60 avant le mariage.

Rue de la Sauge.

Repas de famille chez les Larcant. Anniversaire de tatie Margueritte – sénile et alzeihmeurienne, qui n'a aucune idée de l'âge qu'elle a et encore moins que c'est son anniversaire –, qu'on a fait sortir pour l'occasion de sa maison de retraite. Les familles Larcant et Bilbonne sont réunies afin de régler les derniers préparatifs du mariage.

Tout le monde est présent, des parents de Jessica, Pierre inclus, à ceux de Baptiste, tante Marie et cousine Anna en moins. Manque les deux témoins qui ne sont pas de la famille – Myriam pour Jessica et Mehdi pour Baptiste.

Alors que Jessica aide sa mère en cuisine, Margueritte, installée dans le salon, demande pour la énième fois à voir sa nièce. Bien que tout le monde lui ait répondu à au moins dix reprises que Jessica finissait de préparer les cannellonis, lassé d'entendre Margueritte en boucle, Baptiste finit par aller chercher sa fiancée. Celle-ci arrive enfin dans le salon.

— Oui, tatie Maguie, je suis là !

— Ah, ma chérie. Tu peux dire à ta mère que je ne veux pas manger de salé, s'il te plaît ?

Baptiste étouffe un fou rire, et Nathan lève les yeux au ciel.

Liliane épaule Louise en cuisine pendant que Fred, Bernard et Pierre boivent une bière dans le jardin. Officiellement, ils sont occupés à décider chez quel caviste commander le vin pour le mariage, mais en réalité, ils sont en train de vanter les mérites des tondeuses à gazon électriques. Tout semble bien se passer.

Ella est contrariée. John et elle se sont encore disputés avant de venir. Désormais, John refuse catégoriquement de parler d'enfants, et ils ont même fait marche arrière concernant leur avenir. Tom, quant à lui, affiche une tête d'enterrement – au dire de son frère Baptiste. L'ambiance est plutôt tendue avant de passer à table.

L'apéritif traîne en longueur, les cannellonis préférés de tatie Margueritte étant beaucoup plus longs à cuire que ceux de d'habitude. Liliane et Louise ne sont pas d'accord sur la température du four, mais Liliane n'ose pas contredire son hôtesse et la laisse augmenter le thermostat de 20 degrés. Louise semble contrariée, et Jessica le ressent. Même si elle est d'accord avec sa belle-mère, elle préfère ne rien dire et laisser sa mère accélérer la cuisson.

Dans le salon, l'alcool coule dans les gosiers comme si c'était le soir du Nouvel An alors qu'il n'est que 12 h 30. Aude descend les verres de porto comme si c'était du jus de pruneau afin de faire cesser les battements ridicules de son cœur chaque fois qu'elle croise le regard de Tom. Baptiste enchaîne les pastis, alcool qu'il déteste en temps normal, mais comme Nathan en boit, Baptiste voit ainsi l'occasion de partager quelque chose avec son beau-frère, qui a l'air plus loquace que d'habitude. Il se dit qu'il peut bien faire l'effort d'avaler un peu d'anis.

Tom n'accepte pas le fait d'être jaloux depuis ce jour où il a aperçu la voiture de ce « m'as-tu-vu d'acteur ». Il préfère donc ignorer ce sentiment et le noyer dans un bon verre de rhum. Que ce soit l'heure de l'apéritif du midi n'y change rien, Tom n'aime que le bon rhum et ne boit jamais de piquette.

John préfère oublier sa dispute avec Ella en enchaînant les bières, se rafraîchissant ainsi au passage. Il ne sait pas si c'est lié au chauffage chez les Larcant, mais il fait une chaleur à crever, et son pull lui gratte la gorge.

Ella est mal à l'aise, elle aimerait être partout sauf ici. Ces gens sont gentils mais coincés, et elle ne sait pas quoi dire. Le rosé lui donne un prétexte pour occuper ses mains.

Louise et Liliane, dans la cuisine, descendent la bouteille de rouge en même temps qu'elles listent les avantages et les inconvénients du mariage dans une société qui n'a plus de repères.

Seules Hélène et tatie Margueritte semblent ne pas se rendre compte de l'ambiance frelatée autour d'elles, papotant devant la cheminée comme de vieilles copines alors qu'elles ne se connaissaient pas une heure plus tôt.

Quand Liliane déclare que les cannellonis sont cuits, personne ne lui fait la remarque déplacée qu'ils sont en fait cramés. En titubant légèrement, chacun rejoint sa place à table et félicite la maîtresse de maison, espérant que le pain fera glisser l'ensemble et épongera le trop-plein d'alcool.

Hélène se retrouve à table à côté de Nathan et en profite pour lui demander des nouvelles de Fabrice.

— C'est celui dont tu m'as parlé ? demande tatie Margueritte tout en mangeant son gâteau à la myrtille, la seule chose qu'elle a bien voulu ingurgiter.

Louise a fini par céder et par sortir la boîte de biscuits pour sa sœur, bien qu'elle lui ait cuisiné exprès des cannellonis pour ses 70 ans, son plat préféré quand elle s'en souvenait encore.

— Euh... oui, répond Hélène, gênée.

— Il va bien, répond Nathan, coincé.

— Ne jamais laisser un bel homme..., poursuit la tante. Ne jamais le laisser vous approcher. Après vous êtes prise dans son filet, et s'engager ne fait pas partie des projets des hommes beaux. Oh, non ! Tu entends, Jessica ?

Cette dernière, surprise, se retourne vers sa tante.

— Oui, tatie. Pourquoi tu dis ça ?

— Parce que ton futur mari est beau. Et ça n'augure jamais rien de bon.

Baptiste, que le pastis a rendu jovial – mais aussi malade –, s'étouffe dans une quinte de toux. Jessica sourit, enchantée que sa tante se soit pour une fois rappelé qu'elle allait se marier et avec qui.

— Maguie, j'aimerais beaucoup obtenir ton avis sur le mariage, demande Bernard, que l'effet des bières ingurgitées dans le jardin rend téméraire.

— C'est simple, plus l'homme est beau, moins le mariage est viable. Ou alors il faut accepter d'être cocue.

Malgré l'hilarité générale, tante Margueritte poursuit :

— C'est vrai, certaines femmes se satisfont de ne pas être les seules, elles peuvent ainsi partager les « corvées » du couple avec d'autres. Mais certaines sont plus possessives et ne supportent pas le fait de ne pas être uniques. Il est donc préférable que l'homme soit laid pour celles-là. Ainsi, elles sont sûres qu'il n'ira pas tremper son biscuit dans une autre tasse de thé. Mon mari était très beau. Mais il était très con aussi.

— Margueritte !

Louise n'en revient pas d'entendre sa sœur parler ainsi.

— C'est vrai, Louise, il me trompait avec tout ce qui bouge, et cet idiot ne savait pas cacher les preuves et encore moins nier les évidences. Ton mari est beaucoup moins beau, Louise, et heureusement, car tu es beaucoup plus jalouse que moi.

Personne ne sait comment réagir, la majorité de la table ayant une forte envie de rire mais n'osant pas cautionner le sous-entendu concernant Bernard.

— J'ai toujours aimé ton humour, chère belle-sœur, réplique ce dernier en riant. Et je suis flatté de voir que tes moments de lucidité me sont réservés !

— Quelle lucidité ? demande alors Margueritte. C'est toi qu'elle a épousé, finalement ?

Elle semble réellement confuse. Chacun se met à rire, libéré par la bonne humeur de Bernard. Louise rigole à s'en tordre le ventre et Pierre l'observe tendrement, pensant que personne ne le regarde, lui.

Baptiste et Jessica en profitent pour se tenir la main sous la table, et dès qu'il le peut, il lui glisse un baiser discret dans le cou.

— Je me demande si, comme ta tante, tu me trouves trop beau pour être honnête ?

— Parfois, oui, confie Jessica à son fiancé. Mais après, je me dis que nous vivons à une autre époque et que certains types me trouvent très à leur goût également. Donc que je pourrais...

— Je leur tordrais le cou, susurre Baptiste en lui mordillant l'oreille.

— Jessica, tu épouses ce beau Fabrice, alors ? demande Margueritte.

En quelques secondes, l'humeur globale passe de joyeuse à maussade.

— Non, tatie, lance alors Nathan sur une impulsion. Fabrice n'est pas assez bien pour elle, tu t'en souviens ? Il est beau mais il est con, comme ton ex-mari. Jessica étant le meilleur thé du marché, elle ne peut choisir que le meilleur biscuit. Baptiste, ici présent, est parfait.

— Ah, oui, effectivement, confirme Margueritte en croquant dans un nouveau biscuit à la myrtille. Il est beau, mais il a le regard plus honnête ! Ils ont un drôle de goût, tes cannellonis, Louise.

Soulagés de cette dernière sentence, tout le monde applaudit et crie « vive les futurs mariés » tout en mangeant de bon cœur les pâtes trop cuites.

— Pas commode, ta belle-sœur, chuchote Fred à l'oreille de Bernard.

— Et encore, tu l'aurais vue quand elle avait toute sa tête... Une vraie harpie. Aux repas de famille, on ne s'ennuyait pas, personne ne passait à côté d'une pique bien placée. Cela dit, elles étaient fines et tombaient toujours juste. Désolé que vous soyez témoin de son caractère, mais, au moins, avec Louise, ça nous rappelle de bons souvenirs, dit-il en riant et en servant du vin à Frédéric.

— Pas de souci, je comprends. Et ce doit être dur pour Louise de voir sa sœur perdre ainsi la tête.

— Beaucoup de choses sont difficiles pour Louise en ce moment, répond Bernard, pensif, mais au moins, l'organisation du mariage nous fait un bien fou. J'ai l'impression que ça occupe toutes nos journées !

— Ce n'est pas une impression, enchérit Liliane. Nous n'aurons jamais fini à temps.

Alors que chacun y va de son commentaire sur le rythme des journées et sur les prestataires à valider, Jessica a la tête qui tourne. Elle se sent complètement déboussolée et exclue de l'organisation de ses propres noces. Une fois la table débarrassée et tout le monde installé au salon pour le café et les gâteaux secs – moins ceux à la myrtille qu'a dévorés tatie Margueritte –, certains se mettent à somnoler sur le canapé pour cuver le restant d'alcool.

Dans le jardin, l'après-midi.
Aude et Jessica.

— Comment ça, tu as « failli l'embrasser » ?

Aude tire une latte sur la cigarette que lui tend Jessica.

— Je croyais que tu ne fumais pas, murmure cette dernière.

— Non, je ne fume pas, mais là, après ce repas gargantuesque et ces cannellonis trop cuits, ça m'aide à digérer. Et je suis un peu confuse, en ce moment. Non, je n'ai pas failli l'embrasser, c'est lui.

— Thomas ? Je ne le vois tellement pas comme ça ! Genre, il te soulève dans ses bras, t'embrasse et t'emmène au lit ? Tel un preux chevalier ?

Jessica rit, puis s'arrête en toussotant quand elle remarque qu'Aude ne s'en amuse pas.

— Il était comme ça, avant. Ou du moins il aurait pu l'être... Notre routine nous a tués.

— Je n'ai rien contre Tom, moi, c'est pas ça, mais je t'ai vue tellement souffrir et t'éteindre, ces dernières années... Là, tu revis enfin. Tu as ton appartement, tu le meubles avec goût, tu sors... D'ailleurs, tu sors même beaucoup, à ce que j'ai cru comprendre...

Jessica donne un petit coup d'épaule à Aude, assise à côté d'elle sur le perron.

— Oui, justement, ce Joss m'épuise.

— Oh là là, je vais tout savoir de ses prouesses sexuelles !

Jessica rigole, puis se reprend devant l'air fermé de son amie.

— Ça va, je plaisante. Tu n'es pas obligée de me raconter.

— Et bien, pour tout te dire, c'était sympa la première fois. Le côté « star », c'est surréaliste. Mais, en fait, en y regardant de près, c'est dans la tête, tout ça. C'est un homme comme les autres. Si tu enlèves le chauffeur, les groupies dans la rue, le Ruinart et ses abdos en béton...

Aude regarde Jessica en souriant.

— Oui, c'est sûr, sans tout ça, il ne doit rester que son sourire de malade et son compte en banque. Ça intéresse qui, après tout ? demande Jessica avec un air faussement détaché.

— Ça a ses avantages au début, mais Joss peut vite devenir routinier, lui aussi. Et même, tu sais quoi ? Parfois je m'ennuie avec lui... Ne me regarde pas comme ça ! Tu couches une fois avec, deux à la limite, puis après ça devient lassant, donc tu te crées un nouveau fantasme.

— On est vraiment compliquées, nous, les filles. Les mecs ont raison, en fait.

— Hormis parler des films et publicités dans lesquels il envisage de jouer, nous n'avons pas beaucoup d'échanges. Il ne parle pas de lui, ni de sa famille, ni de ses études, rien ne l'intéresse. Je serais presque prête à parler de politique tellement je m'ennuie... C'est dire ! En plus, ta tante Margueritte aurait beaucoup à dire à son sujet. Je suis certaine d'être cocue, car il trouve la monogamie « has been ».

— Mince. Je suis désolée, Aude.

— Ne le sois pas. C'était une parenthèse, un moment sympa dans ma vie, mais qui n'était pas fait pour durer. Au début, je trouvais ça cool, mais je ne pense pas qu'il s'intéresse vraiment à moi, donc je vais arrêter avant que ça fasse mal à mon ego et avant que je me retrouve plus bas encore qu'il y a un an.

— Tu t'es quand même tapé un acteur avec un sourire Ultra Brite !

Les deux se mettent à rire de bon cœur.

— Tu te rends compte, il y a des filles qui prennent le premier venu pour pansement. Toi, tu as la Rolls du sparadrap !

— Ah ça, c'est sûr. Je ne l'ai pas acheté en promo, celui-là, mais à la pharmacie de luxe, tu sais celle du centre-ville qui est toujours plus chère que les autres !

Jessica rigole, puis finit par demander plus sérieusement :

— Et pour Tom alors ?

— Quoi, pour Tom ? Rien. Je vais refaire ma vie, et lui la sienne. Et de cette façon...

— Vous verrez si vos chemins se croisent un jour en dehors des rendez-vous pour les enfants.

— Exactement. Tu as publié quelque chose sur le blog récemment ?

— Non, je vais le faire ce soir en fonction de tout ce que l'on aura décidé aujourd'hui. Même si la réunion n'était pas très efficace. C'est maman qui a insisté pour inviter tout le monde. Je la trouve très fatiguée, mais ça lui tenait à cœur, alors je pensais que ce serait bien de réunir les deux familles. Mais niveau organisation du mariage, il aurait fallu moins d'alcool à l'apéritif. Maintenant que Papa et Fred regardent la formule 1 à la télévision, on ne tirera plus rien d'eux. J'ai bien cru que maman et Liliane allaient s'écharper au sujet de la cuisson des cannellonis, mais là, elles boivent leur thé toutes les deux dans la cuisine comme des amies de longue date. C'est à n'y rien comprendre.

— Hélène est partie tôt, non ? On a l'impression qu'elle était déçue que Fabrice ne soit pas là. Tu savais qu'ils se connaissaient ?

— Oui, ils se sont vus plusieurs fois, mais effectivement, je suis étonnée de l'intérêt qu'elle lui porte.

— Et... ça va ?

— De quoi ?

— C'est juste une question, Jess, ne le prend pas mal. C'est mon rôle d'amie et de témoin de te questionner. Tu n'es pas jalouse qu'Hélène s'intéresse à Fabrice ? Tu peux aimer Baptiste et ressentir encore quelque chose pour Fabrice.

— Non... non. Fabrice aura toujours une place spéciale, c'est certain. C'est le premier homme avec lequel j'ai couché. Et c'est le premier que j'ai vraiment aimé. Mais c'est le meilleur ami de Nathan. Je pense que je me trompe dans mes sentiments, ce n'est pas de l'amour. Je croyais qu'il sortait avec une ancienne connaissance, Maëlys. Je ne pouvais pas la voir, celle-là ! Mais s'il fréquente Hélène... Oh, et puis je n'y comprends rien. Je peux te le dire, à toi, mais tu jures de ne rien répéter ?

— Bien évidemment.

— Il m'a appelée hier. Il veut qu'on parle...

— Waouh... Tu sais à propos de quoi ?

— Devine ! Je n'en sais rien. Je pensais que c'était pour me dire qu'il était en couple, mais je ne vois pas pourquoi il me l'annoncerait. Et vu la tournure de sa phrase, j'ai plus l'impression qu'il veut aborder le passé. Notre passé. Peut-être que je me trompe, peut-être que...

— Oui, et peut-être même qu'il a acheté une nouvelle casserole et qu'il veut ton avis. Mais enfin, Jessica, ne sois pas stupide ! Bien sûr qu'il veut te parler de « vous ». La question est : est-ce que toi, tu en as envie ?

— Non, la question est : est-ce que c'est malhonnête de revoir mon ex sans en parler à mon fiancé à deux mois de notre mariage ?

— Je t'arrête tout de suite ! Si tu comptes en parler à Baptiste, c'est que tu as déjà pris ta décision et que tu ne dois pas voir Fabrice. Si par contre tu veux être sûre de faire le bon choix, affronte la situation, va voir Fabrice.

— Mais c'est malhonnête envers Baptiste. Déjà qu'il ne sait pas ce que Fabrice a représenté pour moi...

— Justement, ma chérie. Si tu n'en as jamais parlé avec Baptiste, c'est peut-être une indication, non ? Si tout était clair dans ta tête, ton futur mari connaîtrait l'identité de celui qui t'a dépucelée et avec lequel tu es restée un an.

— Si mon frère l'apprend, il me tue sur place.

— Ne mêle pas Nathan à ça. C'est son meilleur ami, et si Fabrice n'a rien voulu lui dire, c'est son problème, pas le tien. Nathan est trop immature pour ce genre de choses. Pour lui, rien ne compte à part son boulot et ses amis. Je me demande s'il saura se poser un jour...

— Oh, je ne serais pas si catégorique si j'étais toi. Je trouve mon frère étrange, ces derniers temps, comme s'il cachait quelque cho...

Jessica n'a pas le temps de finir qu'un éclat de voix se fait entendre. Ne voulant pas être surprises en train de fumer, elles se lèvent et se cachent rapidement derrière la cabane en bois de Bernard.

— « Fais-moi l'amour », c'est quand même incroyable que tu sois le seul homme sur cette terre à prendre ça comme une agression.

Jessica et Aude se regardent en riant. Il s'agit d'Ella et de John, qui se disputent pour la énième fois.

— Je ne le prendrais pas ainsi si ce que tu voulais c'était juste mon sexe et pas mon sperme !

Cette fois, Aude et Jessica se pincent pour ne pas exploser de rire.

— Eh bien non, John ! Tu peux même mettre un préservatif. Ce que je veux, c'est faire l'amour ailleurs que dans un lit ! On est jeunes et on se comporte déjà comme des vieux. Je m'ennuie, j'étouffe.

— Ella, faire l'amour dans la cabane du jardin des parents de mon futur beau-frère, je ne vois pas en quoi c'est excitant ! Il y a des moments et des lieux plus appropriés, et si tu...

Ella ouvre la porte du cabanon et le pousse dedans. Jessica et Aude, à l'extérieur, se regardent, paniquées, en entendant une fermeture éclair s'ouvrir, des bruits de succion et les premiers gémissements de John, qui ne semble pas avoir lutté bien longtemps. Elles s'accroupissent et rampent dans l'herbe fraîche pour ne pas se faire voir par la petite fenêtre sur le côté.

En entrant dans la maison, elles tombent sur Margueritte, qui les regarde de travers.

— Qui êtes-vous ? Et que faites-vous chez moi ? C'est incroyable ça, des dévergondées toutes tachées ! Louise ? Louise ? Où sont mes cannellonis, je n'ai rien mangé aujourd'hui.

Cette fois, Aude et Jessica partent dans un fou rire comme deux adolescentes.

Pendant ce temps...
Rue des Jonquilles.

Hélène rentre chez elle, contrariée. S'il ne comprend pas, ce n'est pas son problème. Elle en a « sa claque » et souhaite passer à autre chose. Ça suffit, plus de temps à perdre ! La nouvelle Hélène va prendre le dessus. À 34 ans, marre de passer pour la gentille, la douce Hélène, la nièce de la prude Marie. Tu parles, tante Marie n'a rien de prude. C'est celle qui prie le plus fort qui en fait le plus une fois les rideaux fermés ! Hélène peut le jurer car elle sait des choses.

Elle aimerait tant leur dire qu'elle n'est pas celle que tout le monde pense, leur présenter enfin quelqu'un et ne plus passer pour l'éternelle célibataire. Même sa mère commence à se lasser et à ne plus vouloir lui présenter d'hommes. Non pas que ça embête Hélène, au contraire, son lot de rendez-vous avec les « fils de » l'a épuisée. Vouée à son travail d'architecte qui lui prend tout son temps et la comble de joie, elle n'a pas besoin de plus. Mais, même au travail, les blagues vont bon train au sujet de son célibat. Comme si, dans notre société, une femme ne pouvait pas être seule.

Depuis son échec avec ce grand nigaud d'Erwan, son ego en a pris en coup. En tout, 1,90 mètre de nullité, de bêtise et de nonchalance. Il lui a reproché d'être accaparée par son boulot, trop autonome, indépendante et « castratrice ». Grand bien lui fasse ! Maintenant, il n'a plus personne pour s'occuper de lui. Quand Hélène l'a croisé le mois dernier, il était encore célibataire. Il a essayé de revenir vers elle, la queue entre les jambes, mais elle n'a pas été dupe. Maintenant qu'elle sait ce qu'est la passion, hors de question d'être en couple pour être en couple, juste pour ne plus avoir de remarques sur son statut. Même si leur relation était vouée à l'échec, ce ne serait pas bien grave. Elle est satisfaite de ce qu'elle a vécu et elle se sait forte.

Ça prendra sans doute du temps, mais elle finira par trouver quelqu'un qui partage les mêmes valeurs et la même envie de réussite tout en ayant la fougue qu'elle recherche dans les ébats. Cette passion qu'elle a découverte auprès d'Erwan, elle la trouvera bien auprès d'un autre.

Alors qu'Hélène se prépare un thé, puis se cale sur le canapé, au chaud, son interphone sonne, ce qui la fait sursauter.

En nuisette, elle va ouvrir.

— Je ne suis qu'un con.

Il a le visage caché par un immense bouquet de fleurs fraîchement coupées.

— Tu ne le découvres que maintenant ?

Elle laisse la porte entrebâillée pour se rendre dans la cuisine. Elle sait qu'il va la suivre et surtout elle sait qu'elle, comme une cruche, va craquer dès l'instant où ses yeux se fixeront sur les siens.

Il pose le bouquet, vient délicatement se placer derrière elle et lui demande pardon tout en l'embrassant tendrement dans le cou.

Après tout, je serai raisonnable demain matin...

Au même moment, ou presque.

Rue de la Sauge, dans la cuisine.

Louise, Margueritte, Liliane.

— Vous n'avez jamais songé à arrêter de vous battre ? demande Liliane doucement.

— Tous les jours, répond Louise.

Margueritte entre sur ces dernières paroles.

— Je n'ai rien compris. Avec qui est-ce que je rentre ?

— Avec moi, Maguie. Je vais te ramener.

— Je suis peut-être folle, mais j'en entends, des choses... Je te raconterai dans la voiture. Tu m'as préparé des cannellonis ?

Louise sourit à sa sœur.

— J'en ai mis dans un Tupperware, tu pourras les manger ce soir dans ta chambre. Liliane, on fait comme on a dit ?

— Oui, vous pouvez compter sur moi.

— Vous me laisserez m'occuper de vous la veille du mariage ? Vous ne le regretterez pas, je vous le promets !

— Je le regrette déjà, mais je vous fais confiance. Un peu de « fun » ne me fera pas de mal.

John surgit à ce moment-là.

— Je vais y aller, Louise. Je ramène Ella, qui ne se sent pas bien.

— Ça m'aurait étonnée, marmonne Liliane.

— Quoi, maman ?

— Rien, rien. Nous y allons, nous aussi, mon chéri.

— Jessica et Baptiste sont déjà partis ?

— Oui, ainsi qu'Hélène, Tom et les enfants.

— Et Fabrice ?

— Aussi, répond Bernard en entrant dans la pièce. Il était juste passé récupérer un pull qu'il avait laissé. C'est gentil à lui d'avoir apporté ces chocolats, mais j'ai bien peur que mon foie ne s'en remette pas. C'est vraiment quelqu'un de bien, ce Fabrice.

— C'est vrai, renchérit Liliane, il est adorable. Il est célibataire ? Parce que je ne refuserais pas un tel gendre.

Fred lève les yeux au ciel. Chacun récupère son manteau tout en remerciant chaleureusement Louise pour son invitation et ses délicieux cannellonis, sans oser préciser que, pour la prochaine fois, un four un peu moins chaud, ce serait encore mieux.

Un peu plus tard.

Rue des Casse-Têtes, dans l'appartement de Jessica et Baptiste.

`Oui, on se voit demain, mais rapidement. Au café habituel.`

Jessica appuie sur « envoyer » avant de rejoindre Baptiste dans le salon.

— Ça va, ma chérie ?

— Oui, pourquoi ?

— Tu as l'air contrariée. Je t'ai trouvé tendue ce midi.

— Non, ce n'est rien. L'idée qu'a eue ta mère pour le traiteur ne me plaît pas du tout. Je n'aime pas le poisson, je n'en veux pas. Un plat de viande, ça suffit. Et elle ne veut pas entendre raison, ce qui m'agace encore plus.

— Arrête, elle veut bien faire.

— Ce n'est pas son mariage, c'est le mien. Enfin, le nôtre, pardon.

— Je sais, je sais, dit-il en l'embrassant sur le front tandis qu'elle se blottit contre lui sur le canapé.

Le portable de Jessica vibre.

— Qui c'est ? demande Baptiste.

— Aude.

— Aude ? Je l'ai trouvée étrange, elle aussi. Je ne sais pas ce qu'elle a, mais elle qui semblait si heureuse ces derniers mois, elle était éteinte aujourd'hui.

— Oh, rien de grave. Elle va bien.

— En tout cas, Tom était moins coincé que d'habitude. Ou alors c'est lié au vin qu'il a bu pendant tout le repas ? C'est moi, ou Bacchus était à l'honneur au déjeuner ? Nous n'avions rien à envier aux orgies romaines !

— Tout à fait. Pendant que tu regardes la télévision, je vais sur l'ordinateur pour mettre le blog à jour. J'ai envie de partager notre journée. J'aimerais que les invités nous aident à choisir entre le poisson et la viande. On verra bien qui l'emporte !

Blog : « Le weddingue de Jess et Baptiste »

Poisson, viande… Mais qu'est-ce qu'on s'en fout ! De toute façon, il est statistiquement impossible de satisfaire tout le monde. Vous ne voulez pas de gens mécontents à votre mariage ? Loupé ! Il y a des gens pour qui la critique est l'essence même de leur vie et de leur bien-être. Comme si leur journée ne pouvait pas être réussie en l'absence de remarque négative.

Quand on nous demande si on préfère la viande ou le poisson, personnellement, j'ai envie de répondre « vegan » pour voir ce que va faire la mariée. Mais je ne vais pas la contrarier, ce n'est pas le but. Car le moins que l'on puisse dire, c'est qu'elle essaie et qu'elle se donne du mal. Je veux juste qu'elle comprenne que les gens sont ingrats et qu'elle ne récoltera pas le quart d'amour qu'elle sème avec ce blog. Elle devrait peut-être moins donner à certains, d'ailleurs, et plus à d'autres…

Comme je ne voudrais pas créer de fausses rumeurs, je ne dis rien tant que je n'en sais pas plus. Gossip, oui, mais encore une fois, je ne me base que sur du réel. Je ne lance pas de faux commérages.

Et puis, c'est vrai, quand on regarde de plus près les invités, ce sera vraiment difficile de satisfaire tout le monde. Le casting doit être un peu plus simple pour certains mariages, mais là, il y a du lourd niveau casseroles que chacun trimballe.

Des mécontents notoires ? Pas tous. Enfin, s'il y en a un qui doit être satisfait, c'est John. Sympa, le dessert dans la cabane de jardin, non ? Je ne sais pas si c'est bien ainsi que l'on fait un bébé… Tu devrais peut-être lui dire clairement que le problème n'est pas de vouloir ou non des enfants, c'est de savoir si tu vas rester avec elle…

Ensuite, il y a ceux qui se sont fait du pied sous la table tout au long du déjeuner et ceux qui n'ont fait que boire, certes les cannellonis étaient trop cuits et immangeables - pardon, Louise mais il faut bien que quelqu'un le dise à voix haute -, mais ce n'était pas une raison pour tout faire passer dans l'alcool !

Heureusement que Nina et Sacha étaient chez leurs grands-parents et que leurs yeux candides n'ont pas assisté au marivaudage de leurs parents. Oui, Aude, tu as eu beau essayer d'éviter ses beaux yeux bleus, tes tics nerveux t'ont trahie. Et Tom, la colère te va si bien. Enfin un homme beau et qui a du caractère ! Maguie n'avait pas tort : les hommes beaux sont volages, en général. Tom, tu es beau, et le grand drame, c'est que tu ne le sais même pas. Tu n'es donc pas volage, juste intéressant. Quand le volcan éteint durant si longtemps se réveillera, peut-être que ton ex-femme aura hâte d'en voir jaillir la lave…

MP.

Acte V

La trahison

À la terrasse d'un café.

Myriam et Jessica, attendant Fabrice, avec qui Jessica a rendez-vous.

— On se pèle malgré le chauffage. Jess, tu fais une belle connerie, mais tant pis, fais-la vite, qu'on n'en parle plus.

— Je ne peux pas ne pas le voir, Myriam. Ce n'est pas juste envers lui.

— Et envers Baptiste, qui n'est pas au courant ?

— Tu es trop dure. Je ne vais pas coucher avec Fabrice et tromper Baptiste, mais simplement discuter avec un autre homme à une terrasse de café. Ma meilleure amie me surveille, au cas où il se ruerait sur moi pour tenter de me violer devant soixante-dix personnes.

— Tout de suite, le coup de l'abus. Déjà, il doit y avoir vingt personnes à tout casser sur cette terrasse, ensuite, le problème n'est pas là. Tout est dans la définition de « tromper ». Pour moi, ça ne se limite pas à coucher avec une personne.

— C'est sûr, si tromper c'est tremper son biscuit, comme dit tatie Maguie, vous les lesbiennes, vous ne trompez jamais. C'est bien pratique.

Les deux femmes se mettent à rire. Quand le serveur arrive, elles retrouvent leur calme et commandent un verre de vin blanc.

— Bon, reprenons, poursuit Myriam. Dans dix minutes, tu vas à la table qui est réservée de l'autre côté du restaurant. Moi, je reste ici. Je guette discrètement, et si tu lèves ton verre deux fois de suite, c'est que ça se passe mal et que je dois intervenir. C'est ça ?

— Exactement. C'est simple, tu vois.

— Tellement pas ! Et puis, c'est quoi, lever son verre deux fois ?

— Eh bien, boire deux fois d'affilée.

— Donc tu comptes boire ton verre d'un coup si tout se passe bien ? Tu le portes à tes lèvres et tu le descends d'une traite ? Tu as raison, Fabrice aura vraiment l'impression que tout va bien.

— Arrête de te moquer de mon plan. Trouve un autre signe, dans ce cas. Pas mon téléphone portable, s'il voit que j'écris un message, il comprendra et tu ne pourras plus venir me secourir.

— Parlons-en, justement, de cette deuxième partie. Qu'est-ce que je dois faire ? Je débarque comme ça : « Holà, je passais par là, quelle coïncidence ! » Ça fait un peu calculé, non ?

— Non, pas si je préviens que je suis censée te rejoindre pour manger. Je le préviens que lui et moi, c'est juste pour boire un verre, puis que je déjeune avec toi ensuite. Et toi, quand tu arrives, tu expliques que tu es en avance car, euh, car...

— Car rien du tout. C'est cramé que tu as prévenu ta copine pour être sûre qu'elle vienne te secourir. Après, tout dépend de l'image que tu veux donner. Dans cette version-là, Fabrice comprend clairement que tu appréhendais votre rendez-vous.

— Il faut qu'on revoie toute la stratégie alors. J'aurais dû mieux y réfléchir, mais je me suis décidée seulement hier soir à le rencontrer et je ne pouvais pas t'appeler, j'étais avec Baptiste.

— Ton futur mari. Eh oui, voilà qui explique pourquoi c'est difficile d'appeler ton ex devant lui.

— Myriam, tu n'es vraiment pas cool. Une meilleure amie n'est pas censée couvrir toutes les bêtises de sa copine ? Genre, tout ce qui se passe dans ce bar restera dans ce bar ?

— Oui, en théorie, mais je suis aussi ta témoin. Je suis donc là pour t'alerter : « Warning, ça pue ce que tu fais ! » Je sais que tu aimes Baptiste plus que tout, mais peut-être que ce n'est pas fini avec Fabrice. Peut-être qu'il est vraiment trop canon – même si je suis homo, je m'en rends compte –, que c'est le premier qui t'a dépucelée et que ça compte. Et peut-être qu'il est toujours in love de toi. Ce qui est donc problématique...

— Merde !

— Ah, ben, merci !

— Non, je veux dire : merde, il arrive ! Il est en avance.

— Si ça se trouve, lui aussi est venu avec un ami pour un plan stupide. Après tout, tu n'as pas le monopole des idées...

— Je te laisse.

Jessica se lève en trombe, contourne la terrasse et part en courant dans la rue d'à côté.

— Mais... et le plan ? demande Myriam, dépitée.

Le serveur arrive et pose les deux verres de vin sur la table.

— Je ne la sens pas du tout, cette histoire, mais alors pas du tout.

— Oh, mais c'est un très bon blanc que vous avez choisi !

Myriam lui jette un regard de travers sans répondre, puis se penche et voit Fabrice s'asseoir à la table réservée. Évidemment, puisqu'il est arrivé en premier, il ne s'installe pas du bon côté. Au lieu de se trouver dos à Myriam, et Jessica de face pour que Myriam puisse surveiller ses mimiques et savoir quand intervenir, Fabrice prend la mauvaise chaise.

Jessica remonte la rue comme si elle venait d'arriver. Elle semble tendue, et quand Fabrice se lève pour lui faire la bise, on dirait carrément qu'elle va faire une crise cardiaque.

Alors que les deux s'installent, Fabrice lève la tête et manque de croiser le regard de Myriam. Celle-ci plonge sous la table pour se cacher, et le serveur choisit ce moment pour l'interpeller :

— Excusez-moi... Le second verre de blanc, vous voulez que je l'amène à votre amie à l'autre table ?

— Hein ? Euh, oui, c'est gentil.

Mais avant que Myriam ait le temps de réagir, le jeune homme se déplace vers Jessica.

— Merde ! Non, non, revenez !

Myriam essaie de crier à l'attention du serveur, mais c'est trop tard, il est trop loin, elle ne peut plus l'arrêter.

— Oh, la cata, elle va me tuer.

Elle regarde du côté de son amie, imaginant son air faussement surpris quand le serveur lui apportera le vin qu'elle n'aura techniquement pas encore eu le temps de commander.

Jessica prend le verre. C'est tout ce que Myriam aperçoit, vu que son amie est de dos.

Bon, et maintenant, j'interviens quand ? Partons du principe que le signe c'est : deux fois le verre à la bouche.

Elle essaie d'observer attentivement, mais c'est impossible sans se faire remarquer par Fabrice, qui semble lui aussi très stressé et qui regarde régulièrement autour de lui.

Mince, elle a pris le verre, là ? Non, elle bouge juste son coude. Le verre est caché. Comment savoir ?

— Vous souhaitez autre chose, madame ?

— Hein ? Ah, oui, répond Myriam au serveur qui la regarde bizarrement. Pour tout vous dire, j'ai besoin de votre aide. Vous savez garder un secret ? On va dire que oui. En fait, la copine qui était avec moi et à laquelle vous avez apporté un verre, eh bien, je dois la surveiller de loin et intervenir si quelque chose se passe mal.

— Se passe mal ? Elle est en danger ? Vous voulez que j'aille lui demander ?

— Non, non, merci. Elle n'est pas réellement en danger. En fait, je dois agir s'il lui déclare sa flamme, car elle ne veut pas.

— Oh, je vois. Une demande en mariage… Le pauvre si elle dit non…

— Non, vous n'y êtes pas. Elle va se marier, mais pas avec lui.

Là, le serveur prend carrément une mine dégoûtée.

— Attendez que je vous explique. Je m'appelle Myriam. Enchantée, au fait.

— Moi, c'est Jean.

— Jean, très bien. Voilà, si vous vous sentez une âme d'enquêteur, j'ai besoin de savoir ce qui se dit à leur table.

— Sauf que c'est hors de question. Je ne vais pas espionner des clients. Qui me dit que vous n'êtes pas la petite copine jalouse ?

— Aucun risque, je n'aime que les femmes.

— Ça simplifie les choses, alors.

— Mon amie va épouser un homme dans un peu moins de deux mois. Mais ce n'est pas celui-là.

— Et elle en voit un autre ?

Devant l'air écœuré du serveur, Myriam commence à douter de son plan.

— C'est son ex, en fait.

— Son ex ?

Là, il frôle carrément la crise d'apoplexie. Il s'assied en face d'elle.

— Oui, je sais, je ne cautionne pas non plus.

— Pourquoi vous l'avez laissée faire ? En tant qu'homme, je suis obligé d'être solidaire du futur mari ET de l'ex-petit copain.

— Non, mais, ça va, elle n'a pas couché avec, non plus ! Elle est ici à sa demande.

— Celle du futur mari ?

— Non, Jean, suivez un peu, s'il vous plaît. La demande de lui, là-bas, l'ex.

— Le pauvre ! S'il l'aime, il ne sait pas ce qui est bon pour lui. C'était à elle de refuser ce rendez-vous. Le futur mari est au courant au moins ?

— De quoi ? Du rencard ? Non. Ni du fait que cet homme existe.

— Alors là, c'est carrément n'importe quoi.

— Je suis d'accord, donc on doit l'exfiltrer en douceur. Pour ça, j'ai besoin de savoir comment ça se passe. S'ils parlent de la pluie et du beau temps ou...

— OK, j'ai compris. Je vais aller voir s'ils ont besoin de quelque chose et je vous fais signe.

Myriam n'a pas le temps de reformuler sa phrase que Jean se lève d'un bond et part vers la table de Jessica et Fabrice. À mi-chemin, il se retourne et lève les pouces à l'attention de Myriam en lui faisant un clin d'œil, ce qui lui confirme que son plan était très mauvais.

Quand Jean s'approche, Fabrice fronce les sourcils, et Myriam s'enfonce doucement dans sa chaise. Tout à coup, Jessica se retourne et fait les gros yeux à son amie, qui ne sait pas quoi comprendre de ce signe étrange.

Elle est en colère ? Je dois venir ?

Au bout d'un moment, le serveur s'en va, mais au lieu de venir vers Myriam, il se dirige vers l'intérieur du café.

— Jean ?

Il ne se retourne même pas.

— Coéquipier pourri ! râle Myriam.

Elle se lève et rentre pour payer au bar.

— Eh bien ? demande-t-elle à Jean, qui encaisse une cliente.

— Eh bien quoi ?

— Combien je te dois ? dit-elle en passant naturellement au tutoiement.

— Ah, 4 euros si tu ne paies que ton verre de blanc ou...

— Sérieux ! Que s'est-il passé ? C'était ça, ma question.

— Ben rien. Il a l'air très gentil.

Myriam reste un instant la bouche ouverte sans savoir quoi répondre.

— Et ? Ils parlaient de quoi ?

— Le problème, c'est que quand je suis arrivé, ils ont justement arrêté de parler. J'ai insisté pour savoir ce qu'ils voulaient boire ou manger, si tout allait bien. Je ne savais pas quoi dire de plus pour meubler le blanc. J'ai lancé un regard à ta copine pour qu'elle comprenne, mais elle ne semble pas très futée... Du coup, lui m'a demandé si j'allais bien, donc je n'ai pas voulu insister. Puis une cliente attendait au comptoir pour payer, et mon patron m'a appelé. Là, vous connaissez la suite. C'était quoi, l'objectif, déjà ?

Myriam est abasourdie.

— Rien. Il fallait juste que tu t'approches et que, discrètement, tu puisses capter des bribes de conversation pour me dire ensuite si je devais intervenir ou pas.

— Sans leur parler, en fait ? OK, j'ai compris.

Sans que Myriam ait le temps de réagir, Jean sort de derrière le comptoir, prend un plateau et se dirige vers la table collée à celle de Jessica et Fabrice.

— Mais il est incroyable ! s'exclame Myriam à voix haute, paniquée.

— Si vous saviez... Il est toujours comme ça, c'est épuisant, répond un homme qui essuie les verres, que Myriam n'avait pas vu.

Myriam se retourne et s'aperçoit que, de l'intérieur, elle a un meilleur angle de vue sur Jessica. Son amie capte alors son regard et hausse étrangement les sourcils.

— Qu'est-ce qu'elle me dit ?

— Je ne sais pas, mais cette dame vous fait clairement signe, répond le commis préposé au nettoyage des verres.

— Vous croyez ? Parce que si j'interviens trop tôt, elle va me tuer.

— « Interviens » ?

— Ne cherchez pas, vous demanderez à Jean, il vous expliquera.

— Alors, je ne suis pas près de comprendre..., murmure l'homme en souriant.

Myriam s'approche doucement de la baie vitrée et essaie de se cacher derrière une majestueuse plante verte. Jean entre à ce moment-là et vient se mettre derrière elle.

— Qu'est-ce que tu fais là ? demande Myriam.

— Comme toi. Je me cache pour te raconter.

— À deux, on ne peut pas vraiment dire qu'on soit cachés !

Myriam se redresse.

— Mais ce que j'ai à te dire est essentiel !

— Eh bien, vas-y ! Accouche !

— Quoi ?

Myriam prend une grande inspiration pour tenter de rester calme quand elle entend derrière elle :

— Bonjour et au revoir, Myriam. On se voit au mariage, je pense. La prochaine fois, viens boire un verre avec nous.

Paralysée, elle écarquille les yeux tout en fixant Jean, n'osant pas se retourner pour répondre à Fabrice.

Ce dernier s'en va, et la voix de Jessica fait sursauter les deux détectives amateurs.

— T'es sérieuse ?

— Hein ?

— Qu'est-ce qu'il fallait que je fasse de plus pour que tu interviennes ? Oh, mon Dieu, c'est un échec !

— C'est ça que je voulais te dire, annonce Jean à Myriam. Quand j'étais à la table à côté de la leur, je l'ai entendu dire à ton amie : « Ta copine, c'est une coïncidence qu'elle soit là ? Et le serveur aussi est dans le coup ? » Je venais te prévenir qu'on était grillés... Ton plan a foiré.

Il hausse les épaules et retourne derrière le bar.

Myriam, muette, suit Jean des yeux avec une nette envie de le fusiller dans le dos quand elle entend le rire étouffé de l'essuyeur de verre.

— Mauvais choix d'acolyte. J'aurais pu faire mieux.

— C'est quoi, ce café étrange ? demande Myriam à l'attention de Jessica.

— Je venais toujours ici avec Fabrice. L'équipe change souvent, je ne les connaissais pas, ceux-là. Je pense qu'ils les recrutent principalement sur leur physique...

Les deux amies rigolent.

— Allez, viens. Au point où nous en sommes, commandons un autre verre, que je te raconte.

Jessica commence à débriefer Myriam, qui, au bout de quelques minutes, la coupe :

— Jean, arrête de rôder autour de nous et installe-toi. Tu entendras mieux si tu te poses cinq minutes.

— Cool, merci. Je ne savais plus quelle table laver, elles sont toutes propres.

Il laisse son chiffon sur celle d'à côté et vient s'asseoir à celle des filles. Jessica interroge du regard son amie, mais celle-ci lève les yeux au ciel.

— Je t'expliquerai. Alors, il t'a déclaré sa flamme ?

— Oui...

— C'est trop mignon ! commente Jean.

— Mais tu n'as rien retenu ? le gronde Myriam.

— Ah, oui, si, pardon. Lui, c'est l'ex. Je n'interviens plus, promis ! dit-il en levant les bras en signe d'apaisement.

— Tu as répondu quoi ? Et il n'est pas en couple ? demande Myriam, inquiète.

— Si, avec cette garce de Maëlys que je déteste. Depuis le temps qu'elle lui tournait autour, elle doit se pourlécher les babines comme un chat devant un bol de lait. Qu'est-ce que je pouvais rétorquer ? À ce moment-là, un certain serveur est venu squatter en nous observant de manière très étrange. Il refusait de partir...

— J'obéissais aux ordres du chef..., précise Jean en regardant Myriam.

— Mais il l'a dit comment ? C'était vraiment une déclaration ? Il l'a laissé sous-entendre ou il a été clair, cette fois-ci ? Car tu l'avais quitté parce qu'il refusait de s'engager et de t'avouer ses sentiments justement, donc...

— « Ne l'épouse pas » et « Je t'aime ». C'est ce qu'il a dit, mais je ne sais plus trop dans quel ordre.

Après quelques instants de silence, Myriam jette un coup d'œil à Jean, qui est sans voix, lui aussi.

— Ça me semble clair, effectivement.

— Oui, carrément, renchérit Jean.

Jessica est au bord des larmes.

— La vraie question, c'est : qu'est-ce que tu ressens ? demande doucement Myriam.

— C'est trop tard ! Évidemment qu'il a compté, je l'ai aimé. Mais c'est Baptiste que j'aime désormais, répond Jessica en pleurant à moitié.

— Alléluia ! Victoire ! On est contents, s'exclame Jean en se jetant contre le dossier de sa chaise. On est contents, n'est-ce pas ? s'enquiert-il soudain, inquiet, à Myriam.

— Oui, Jean..., confirme celle-ci en lui tapotant la main. On est contents.

Myriam ne sourit pas et continue de regarder son amie avec bienveillance, car elle a suivi toute l'histoire. Elle seule peut savoir tout ce que Jessica a traversé et les sentiments contradictoires qui doivent se bousculer au fond de son cœur.

— Je ne sais pas vous, mais moi, ça me retourne, tout ça. Je vais servir un ou deux clients et je vous apporte de nouveaux verres de vin !

Jean se lève pour prendre la commande d'une cliente arrivée depuis dix minutes à la table d'à côté.

— Ça va aller ? demande Myriam.

— Oui, enfin non. Mais je n'ai pas le choix.

— Comment ça s'est fini ?

— Ça ne s'est pas fini. Nous n'avons pas réussi à finir la conversation. J'étais paniquée, je buvais gorgée sur gorgée pour que tu viennes me sauver. Zorro le serveur est arrivé mais n'a servi à rien, à part me stresser encore plus. Fabrice a fini par s'inquiéter de me voir boire toutes les trois secondes. Je me suis mise à tousser, je t'ai vue derrière la plante, Fabrice aussi... Il m'a dit qu'il comprenait, qu'il était égoïste de m'avouer ça maintenant mais qu'il avait eu besoin de le faire car il ne voulait pas prendre le risque de me perdre s'il y avait la moindre chance. Il a ajouté quelque chose sur le fait qu'il préférait me laisser te rejoindre, qu'il ne voulait pas me faire de mal et qu'il accepterait ma décision, quelle qu'elle soit.

— Eh bien, parfait. Donc tu lui as dit...

— Donc il est parti.

— Ah.

— Sans que tu lui dises que tu ne l'aimais pas ? demande Jean, de retour à la table des filles.

— Non !

Jessica s'énerve.

— Sans que j'aie prononcé un mot de plus, voilà. J'ai envie de mourir ou de vomir, je ne sais pas ce qui prend le dessus. Faut que j'aille aux toilettes.

Sur ce, elle se lève, laissant les deux acolytes se regarder avec des moues dubitatives.

— Tu es invitée au mariage ? questionne Jean.

— Ben oui, je suis sa témoin.

— T'es dans la merde, alors.

— Merci, j'avais remarqué.

Deux rues à côté.
Mehdi et Baptiste.

— Ça ne veut rien dire. Ne tire pas de conclusion avant d'avoir les tenants et les aboutissants, temporise Mehdi face à son meilleur ami, qui semble complètement dépité.

— Elle me cache des choses depuis un petit bout de temps, et là, franchement, j'en ai la preuve. Elle devait manger avec Myriam, et je la vois en terrasse avec ce mec.

— Techniquement, elle mange avec Myriam. Elle est juste allée boire un verre avec un homme avant. C'était qui, d'ailleurs ?

— Je ne l'ai vu que de dos, mais j'ai ma petite idée. Et je ne vais pas le suivre pour lui casser la gueule, même si c'est pas l'envie qui me manque.

— Alors, pourquoi tu ne l'as pas fait ?

— Mehdi, depuis quand tu prônes la violence ?

— Je pense toujours que ce n'est pas une solution, mais ça t'aurait provisoirement détendu. Tu es trop stressé depuis quelque temps.

— Ah bon, tu trouves ? C'est pas comme si j'avais un mariage à préparer avec une fiancée fébrile, qui dissimule des trucs !

— Peut-être, oui. Tu m'expliques le plan ?

— Le plan ? Il n'y a pas de plan. C'est ça, le plan.

— Oh, Baptiste qui oublie ses références théâtrales pour passer aux cinématographiques ! Je suis bluffé. *Iron Man*, en plus, tu me surprendras toujours. En fait, tu regardais le film, tu ne dormais pas.

— J'essaie de faire plaisir à mon meilleur ami.

— Aucun souci, surtout qu'on ne s'ennuie pas avec toi. Allez, Baptiste, faisons le point. Ça ne peut pas être si grave que tu le penses. Je connais Jess, et je sais qu'elle t'aime. Tu as voulu qu'on la retrouve ni vu ni connu afin de te rassurer sur son comportement d'hier soir, et au final, on se planque dans la rue, on la surprend à boire un verre avec un inconnu et on se retrouve comme deux poules qui ont trouvé un couteau. On fait quoi, maintenant ? Tu veux que je tente de le suivre ?

— Non. On n'est pas dans un film d'espionnage. Et puis je veux laisser sa chance à Jessica de s'expliquer d'elle-même. Ça ne se fait pas d'épier sa femme.

— Là, tu marques un point et tu me rassures. Déjà parce que je ne sais pas comment filer quelqu'un, ensuite parce que je te le dis depuis hier soir : ça ne se fait pas d'épier sa future femme. Si vous partez avec des secrets, les bases seront bancales. Il faut lui poser simplement la question, et...

— Je vais être plus vigilant et essayer d'en savoir plus en cuisinant sa mère.

— OK, ça fait plaisir de se sentir écouté...

Acte IV

L'imbroglio

J-30 avant le mariage.

Rue Casablanca, dans le nouvel appartement de Tom.

Tom a mis six mois à prendre la décision de partir de chez ses parents et dix jours pour payer sa caution, obtenir les clés et s'installer.

— Ella, je ne sais pas quoi te dire.

— Si je suis venue te voir, reprend-elle, c'est parce que tu es mon dernier espoir.

— Alors, tu es mal barrée. Je te rappelle comment s'est fini mon dernier mariage ? Le seul, d'ailleurs.

— Je sais, Thomas, mais si tu ne connais pas ton frère, qui le connaît ?

— Mon père, ma mère, Baptiste ou Hélène. En fait, sur la liste, je me citerais en dernier.

— Sauf qu'eux ne bossent pas avec lui.

— Ça ne fait pas de moi un spécialiste. Justement, John et moi, on est trop proches, on se prend la tête tout le temps. Hélène aura plus de recul et Baptiste plus de jugeote.

— Sauf que Baptiste a déjà son mariage à préparer, alors...

— Mais vous allez arrêter avec ce mariage, oui ? C'est dans un mois, et j'en ai déjà ma claque ! Baptiste est un grand garçon, plus grand que moi à bien des égards. Il est capable de gérer son travail, sa femme, l'organisation du mariage – qui, soit dit en passant, sera le plus réussi de la terre – et les questions de son entourage. Et tu sais quoi ? Je suis certain qu'il n'en oubliera pas de respirer pour autant.

Ella fait la moue et se dandine. Elle se rapproche de lui et tire doucement sur sa cravate.

— Tu te rabaisses sans cesse, Tom. Je ne suis pas d'accord avec toi. Tu es plus intelligent que tu ne le crois.

Tom souffle et s'éloigne d'elle.

— Je te sers quelque chose ?

— Du rhum, s'il te plaît.

— Du rhum ? Avec du Coca ?

— Non, je l'aime pur.

— Je ne savais pas que tu étais une connaisseuse.

— Parce que tu ne m'as jamais posé la question, Tom. Mais je sais apprécier les bonnes choses.

Il ne relève pas. Il est préoccupé depuis qu'il est rentré chez lui. Il a déposé Nina à l'appartement rue des Soucis pour tomber nez à nez, en sortant, sur Dents Blanches qui arrivait dans la rue. Et comme Tom ne reconnaîtra jamais qu'il est jaloux – pour rien au monde il ne s'abaisserait à ça –, il préfère se dire que c'est une sale journée, qu'Aude ne fait que les mauvais choix, que Nina et Sacha vont être perturbés et que, en plus, c'est idiot de conduire une Mustang de nos jours. Ce type est un pollueur, un pollueur irresponsable. Incroyable qu'un jeune acteur dans le vent donne cette image à ses fans ! Sont-ils au moins au courant ? Selon Tom, on devrait voter pour tel politicien ou regarder les films avec tel ou tel comédien en fonction de son empreinte carbone.

Aussi, en arrivant chez lui à 20 heures et en trouvant Ella sur le pas de la porte, Tom s'est convaincu que c'était vraiment une journée de merde.

— Tu m'écoutes, Thomas ?

— Oui. Je suis désolé, je pensais à autre chose, mais je t'écoute. Tu disais ?

— Que je suis inquiète pour Baptiste. Je ne voudrais pas être oiseau de mauvais augure, mais, j'entends des choses... Et franchement, ça n'a pas l'air d'être folichon entre Jessica et Baptiste, en ce moment.

— C'est quoi, ces bêtises ? Qu'est-ce que tu as entendu ?

— Certaines choses. Je ne veux pas faire ma commère. C'est juste que Jessica semble intéressée par un autre homme.

— Hein ?

Tom manque de cracher son rhum.

— Ne te mets pas dans cet état. J'ai juste surpris une conversation. Je ne dis pas que Jessica le trompe, loin de là, juste que c'est compliqué pour elle, et que celui qui en souffre le plus, bien sûr, c'est Baptiste.

— Mais il ne m'en a jamais parlé.

— Parce que tu crois que c'est facile de venir voir sa famille en clamant : « Au fait, à quelques semaines de mon mariage, je pense que ma femme n'est plus si sûre d'elle ! »

— Carrément ? Tu crois qu'on en est là ?

— Je ne sais pas. Ressers-moi un verre, ton rhum est excellent. Et ressers-toi aussi au passage, car tu es blanc comme un linge.

Tom lui obéit et se demande quel frère pourri il peut bien être. S'il est l'aîné mais qu'aucun de ses cadets ne vient le voir quand ça va mal, c'est que la nature est mal faite et qu'il n'aurait jamais dû naître en premier.

Ella continue de parler, et Tom se dit que, décidément, il n'est même pas fichu d'écouter sa belle-sœur alors que celle-ci vient l'appeler à l'aide.

— Assieds-toi, Ella. On va se poser cinq minutes, et tu vas me raconter.

Il prend du fromage dans le frigo, prépare un plateau rapide, puis ils s'installent sur le canapé.

Ella a rempli leurs verres. Tom se dit qu'il a assez bu, mais il ne veut pas la contrarier afin qu'elle se confie.

— Allez, commence par le début.

— À quel sujet ? demande Ella en trinquant. Baptiste ?

— Non, lui, j'irai le voir directement.

— Concernant Hélène, j'ai pas mal de choses à dire aussi, parce que je la trouve beaucoup plus intéressante que prévu. Je n'aurais jamais cru qu'elle plairait autant !

— Hélène ? Ma sœur ?

— Tu en connais une autre ?

— J'ai vécu dans un monde parallèle ces dernières années, ou quoi ?

Tom finit son verre d'une traite, et Ella le ressert.

— Passons, tu n'es pas prêt à tout savoir.

Ella se met à rire et, sans savoir pourquoi – peut-être parce que son rire est contagieux ou parce qu'il en a besoin –, Tom s'esclaffe à son tour.

— Je vais le quitter, Tom.

— Quoi ?

Cette fois, la surprise lui fait recracher une partie du rhum qu'il avait dans la bouche.

— Je n'en peux plus. J'ai besoin d'avenir. John est adorable, magnifique, beau intérieurement et extérieurement, mais il n'est pas fait pour moi. Ou plutôt, je ne suis pas faite pour lui. C'est pas grave, ce sont des choses qui arrivent.

— Mais...

— Pourquoi ?

— Oui, pourquoi ?

— Parce que. Parce que seul le temps te fait prendre conscience de certaines choses. Parce que je veux des enfants, et lui non. Parce que la routine nous tue à petit feu...

— La routine ?

Tom ressent intensément la violence de ce mot qui, selon lui, désigne l'unique responsable de sa rupture avec Aude.

— Et puis, le fait qu'il n'aime pas son travail me rend folle.

Nouvelle gorgée presque crachée, que Tom avale de justesse.

— Il n'aime pas son travail ?

— Tu le découvres réellement ? Ton frère n'a jamais vraiment su faire de choix. Il a suivi les mêmes études que toi. Ensuite, ça semblait si évident, et ton père était tellement fier que deux de ses enfants reprennent l'office notarial qu'il ne s'est pas senti de vous abandonner. John a beaucoup envié Baptiste quand celui-ci a annoncé qu'il s'orientait vers un métier manuel.

— Envié Baptiste ? Mais il a été le premier à le critiquer. Il n'arrêtait pas de lui dire qu'il ne pourrait pas vivre du travail du bois. Il voyait ça comme une lubie, il lui disait tout le temps : « Toi et tes figurines en bois… Quand est-ce que tu grandiras ? » J'avais parfois mal pour Baptiste, mais je n'ai jamais eu le courage de m'interposer.

— Tu ne pouvais pas. C'était à eux de régler ça, voyons.

Tom ressent soudain une grande fatigue. Est-il vraiment passé à côté de tant de choses ? Sa relation avec Aude l'a gangrené. Il faut qu'il se reprenne en main.

Il se sert un verre, malgré la tête qui commence à lui tourner légèrement, et se rend compte que le genou d'Ella frôle le sien.

— Tu es trop dur envers toi-même, Thomas. Tu es quelqu'un de bien, tu sais. Peut-être que tu es le plus entier de cette famille.

— Personne ne m'appelle Thomas.

— Et alors ? Tu n'aimes pas ?

— Je ne suis pas habitué, c'est tout. C'est plus intime, plus personnel. Seule ma mère m'appelle par mon prénom.

— Je trouve ça beau. Masculin et viril, comme toi...

Tom la regarde avec un air effrayé. Il est complètement perdu. C'est à croire qu'Ella le drague, mais c'est impossible. Pas elle, pas lui.

Alors qu'il l'interroge du regard, elle entrouvre la bouche. Elle a de très belles lèvres... Il n'avait jamais fait attention.

— Thomas, j'ai juste besoin d'être rassurée par un homme, de me sentir en sécurité à ses côtés. J'ai toujours ressenti ça près de toi, étrangement. Ta chaleur naturelle, ton aura, ta douceur et ta force brute...

Tom n'arrive plus à réfléchir, il a l'impression qu'elle se rapproche de plus en plus mais il est comme paralysé et hypnotisé par ses paroles.

Ella ne sait pas ce qu'elle est en train de faire, elle ne réfléchit plus. Elle aime laisser son instinct agir. Ça fait longtemps qu'elle n'a pas ressenti ça. Elle était juste venue pour se plaindre et pleurer sur une épaule réconfortante, mais le regard que Tom pose sur elle lui fait un bien fou. Se sentir désirée, voulue pour son corps de femme.

— Tu as besoin de te détendre, Thomas. Qu'on s'occupe un peu de toi comme tu le mérites plutôt que de te faire sans cesse des reproches...

Elle s'approche du visage de Tom et s'arrête juste avant que ses lèvres se posent sur les siennes.

Il ne réagit pas mais sent son souffle sur visage, puis, tout à coup, des picotements se font ressentir au fond de son ventre. Une sensation qu'il n'avait pas éprouvée depuis bien longtemps. Elle s'avance encore et Tom franchit le dernier pas, l'infime millimètre, la barrière infranchissable, en posant ses lèvres sur les siennes. Quand la sensation de bien-être parcourt tout son corps, il devient plus téméraire et accentue leur baiser. Alors qu'elle se colle à lui, leurs lèvres se décrochent un bref instant. Tom ressent un grand froid, il prend le visage d'Ella entre ses mains, et elle émet un petit gémissement quand il l'embrasse de nouveau. Il a un goût de rhum, un goût d'aventure, un goût d'interdit qui l'excite.

— Thomas...

Elle chuchote son prénom entre deux baisers.

— Tu as le droit d'être heureux, lui dit-elle avant de se mettre à califourchon sur lui.

— Autant que tes frères...

Ce mot déclenche chez Tom un mécanisme d'autodéfense. Comme si, avec le mot magique « frères », l'envoûtement cessait. Il est le dernier des salauds, à embrasser la femme de John ! Tom se redresse vivement, soulève Ella, puis la pose au sol devant lui. Il s'éloigne et va se remplir un verre d'eau dans la cuisine.

En s'adossant au lavabo, il a l'impression que l'alcool s'évapore tout à coup, lui laissant une sensation de froid horrible et un état de conscience en vrac.

— Ella, je te sers de l'eau ?

— Non, merci. Thomas, je suis désolée, il ne s'est rien passé. Si tu veux…

— Je t'appelle un taxi.

Ella ne comprend pas ce qu'elle a fait de mal et à quel moment elle s'est avancée sur un terrain glissant. Quelque chose a changé chez Tom. Elle ne pensait pas qu'avec ce degré d'alcool il serait capable de se ressaisir si vite. Décidément, tous les hommes sont décevants.

Ce n'est pas non plus avec lui que j'aurai un bébé. C'était sûrement une idée stupide due à l'alcool.

Ella va chercher son manteau dans l'entrée. Tom pianote sur son téléphone et commande un Uber, puis il lui annonce que le chauffeur sera là dans dix minutes.

— Tu vas discuter avec mon frère, et vous allez trouver une solution ensemble. Oublions ce qui s'est passé ce soir, c'était n'importe quoi. Un égarement lié à la fatigue et à l'alcool. Bref, une erreur. John et toi devez parler sincèrement, ça fait trop longtemps que vous êtes en couple pour tout foutre en l'air dès que ça va mal.

Je suis le dernier des cons. Je n'aide vraiment personne.

Il raccompagne Ella tout en évitant de s'approcher d'elle, craignant de lui donner de fausses idées et parce qu'elle lui fait un peu peur. Il s'est comporté comme un idiot, et il le sait, malgré le fait qu'elle n'ait pas été innocente non plus. Se laisser aller avec la femme de son frère, c'est une honte, il ne se pardonnera jamais, alcool ou pas.

De retour chez lui, il saisit la tasse rouge avec le père Noël que son fils a absolument voulu qu'il achète pour son appartement et sourit, car penser à ses enfants a toujours le don de l'apaiser. Il se fait une tisane comme le lui a appris sa grand-mère.

Alors qu'il s'apprête à aller au lit avec son infusion, l'interphone sonne. L'angoisse que ce soit Ella le saisit un instant, mais en regardant l'écran, il est surpris de voir John.

Bon, la tisane n'est peut-être pas la bonne option finalement. Un rhum ?

Tandis qu'il ouvre à son frère, qu'il s'apprête à assumer son erreur et à se prendre un poing dans la figure, il est pris de court par John, qui entre en trombe dans l'appartement.

— Tu n'as pas un verre de rhum à m'offrir ?

— La bouteille si tu veux.

John regarde son frère de travers. Tom retient son souffle.

— Un verre, ça suffira... Tu ne bois pas ?

— Non, merci, je suis à la tisane.

— Tom, je dois te parler.

Nous y voilà.

— Seul toi peux m'aider.

— Ah.

Ce n'est pas vraiment ce à quoi Tom s'attendait. Il s'apprête à affirmer qu'il est le dernier des salauds, qu'il mérite une bonne baffe et que son frère peut ne plus lui parler pendant les trois prochains mois quand la phrase de John lui coupe l'herbe sous les pieds. Il reste silencieux. C'est bien la première fois qu'on le surprend.

— Je veux changer de vie.

Tom repose finalement le verre de rhum qu'il allait se servir pour prendre une gorgée de tisane.

Mieux vaut avoir les idées claires, car je sens que cette conversation va être compliquée.

— Tu restes à la tisane ?

— Oui, je préfère être en capacité de t'écouter. Ella sort d'ici... Tu le sais ?

— Quoi ? Non.

— Ah.

— Qu'est-ce qu'elle voulait ?

— Eh bien...

— Laisse, c'est pas d'elle que je suis venu te parler. Enfin, si. En fait, je ne mérite pas une femme comme elle. Je ne suis pas heureux, Tom, et je le lui fais subir. Alors que c'est une fille super. Elle veut un enfant, Tom. De moi.

John ne parle plus, regarde son verre de rhum qu'il a à peine porté à ses lèvres. Tom ne sait pas vraiment quoi dire, ni ce que son frère attend de lui.

— Et... tu n'en veux pas ?

— De quoi ?

— D'enfants.

— Bien sûr que si ! Mais pas...

— Pas avec elle ?

— Je ne sais pas. Ella est un peu, enfin, tu sais, elle est parfois... fragile.

— Je qualifierais Ella de beaucoup de choses, mais pas de « fragile ».

— Ne recommence pas ! Je sais que tu ne l'aimes pas, mais je ne suis pas venu ici pour me battre avec toi. C'est une très belle femme, avec énormément de charme, que tu le veuilles ou non. Je sais que tu préfères ta prude et délicate Aude... Enfin, préférais, pardon.

— Oh, tu sais, Aude n'a plus rien de prude ni de délicat. Peut-être même que je l'ai toujours vue ainsi, mais qu'elle ne l'a en fait jamais été. D'où la raison de notre rupture, finalement. C'est pas forcément qu'on s'est connus trop jeunes comme je le pensais. Disons plutôt que je n'ai jamais cherché à savoir qui elle était...

John ne l'écoute pas et lui coupe la parole :

— Mais Ella, tu vois, c'est le feu. Je dois avoir un problème, d'ailleurs. Elle... elle... Enfin, elle ne me refuse jamais rien.

— Comment ça ?

Tom a décroché, laissant ses pensées s'aventurer vers Aude. Se sentant coupable, il essaie à présent de raccrocher les wagons.

— Elle ne te refuse rien sur quoi, John ? J'ai plutôt l'impression que, quand tu vois des amis sans elle, elle est plutôt contrariée...

— Non, sexuellement.

— Ah.

Le rhum est peut-être une bonne option, finalement.

— C'est même elle qui fait tout. Enfin, bref, elle est libérée et le fait savoir. J'ai tout ce que je veux quand je le veux, sans demander. Mais, parfois, c'est trop... Tu comprends ?

— Pas du tout.

Tom reste interloqué et se demande à quel moment la conversation lui a échappé.

— En fait, c'est agaçant de ne pas avoir à demander. Quand tu as tout ce que tu désires, eh bien, ça perd de son attrait. L'aventure et l'excitation ne sont plus les mêmes, tu vois. Surtout depuis qu'elle veut un enfant. J'ai l'impression d'être un robot programmé pour me reproduire. Tu connais ça, non ?

— Non !

Tom se lève et fait les cent pas autour de la table basse, sur son tapis neuf. Il ne capte pas où son frère veut en venir, si ce n'est que celui-ci se plaint d'avoir tout ce qu'il souhaite.

— T'es un putain d'enfant gâté, John !

— Tu as peut-être raison. Tu n'as jamais connu ça avec Aude ?

— Tu plaisantes, ou quoi ? Nous, on faisait ça dans un lit, comme tous les couples, quand on n'était pas trop crevés après avoir réussi à coucher les enfants et qu'on ne se levait pas trop tôt le lendemain matin... C'est-à-dire rarement, en fait.

— Ah, oui, ça ne devait pas être...

— Je ne te permets pas de juger mes relations sexuelles avec ma femme !

— Ex-femme. Non, pardon, je ne me permettrais pas, Tom. Si je suis venu te voir, justement c'est parce que j'ai besoin d'une leçon de morale. Toi seul peux me remettre dans le droit chemin. Tu as certainement raison, je suis un enfant gâté sur certains points. Ta relation avec Aude est... enfin était...

— Pitoyable. Oui, avec le recul, j'étais pitoyable.

— Non, c'est pas ce que je voulais dire. Elle était sincère, justement. C'est ça, la vraie vie. Vous le faisiez rarement, mais ça avait du sens. Moi, je me laisse faire par tout le monde, je ne prends rien en main. Les seules choses que je fais sont idiotes et n'ont aucun sens. Pire, je m'autodétruis et détruis tout ce qui compte pour moi.

John s'emballe et semble au bord des larmes. Tom s'assied à côté de lui sur le canapé et pose maladroitement la main sur son épaule.

— Arrête, John, ne te blâme pas. J'ai été certainement trop dur avec toi. Tu ne fais pas tout mal non plus.

— Je suis un con fini, Tom !

John le regarde droit dans les yeux.

— Arrête, n'importe quoi ! T'es un homme bien. Tu fais l'amour régulièrement à ta femme, qui est en mode nymphomane pour avoir des enfants, il n'y a rien de mal là-dedans.

— Mais je ne lui dis pas...

— ... que tu ignores si tu veux avoir des enfants, c'est ça ? C'est normal, c'est parfois difficile. Tu ne sais pas si tu es prêt, c'est tout. Tu devrais peut-être te poser d'autres questions. Ella s'inquiète de savoir si tu es bien dans ton travail, et moi aussi, je m'inquiète. Je ne t'ai jamais posé la question. Aimes-tu ce que tu fais ?

John reste sans voix, les yeux dans le flou, puis il prend une gorgée de rhum.

— C'est la première fois qu'on en parle.

— Je sais, excuse-moi. Je n'ai jamais pris le temps de te demander ce que tu voulais vraiment. J'ai fait des études de notariat car c'est ce qui m'attirait, mais toi, c'était par défaut. Quand tu étais jeune, tu voulais voyager, et au final, tu n'as jamais pu le faire, car, après sa crise cardiaque, papa nous a transmis l'office et tu as rapidement été nommé pour me seconder.

— Tu te rappelles que je voulais voyager ?

— Bien sûr. Je suis peut-être con, mais j'ai une bonne mémoire. Tu n'es pas parti, tu dois être envahi de regrets au fond de toi.

— C'est vrai. Je n'ai jamais pu faire ce dont je rêvais et je n'ai jamais pris le temps de me poser les bonnes questions. C'est peut-être pour ça que je fuis aujourd'hui et que je fais tout de travers.

— Tu ne fais pas tout de travers, John, arrête d'être si dur envers toi-même. Tu devrais sans doute profiter de cette légère crise...

— En fait, le mariage de Baptiste me fait me poser beaucoup de questions.

— Décidément, ce mariage fait faire beaucoup de choses à beaucoup de monde ! J'ai l'impression que le pays entier attend de savoir ce qui va se passer. Comment un événement peut-il avoir autant d'importance dans la vie de tous ?

— Peut-être qu'il n'en a pas, au fond, mais que chacun a des comptes à régler et que c'est justement l'occasion de faire le point.

— Qui sait. Comme une coïncidence. Alors fais le point avec toi-même, John. Que veux-tu vraiment ? Tu n'es pas une mauvaise personne, tu es juste perdu.

John se rembrunit, vide son verre et s'en sert un nouveau.

— Tu ne me connais pas, Tom.

— Mais si, voyons ! Je suis ton frère, et...

— Je couche avec Anna.

— Waouh. Quoi ? Qui ?

Tom se relève d'un bond et tourne autour de la table basse, sa tisane à la main.

— On parle d'une Anna que je ne connais pas, c'est ça ?

— Non. On parle de notre cousine Anna.

— Tu couches avec Anna ? hurle Tom.

— Parle plus fort, les voisins du troisième étage de la rue d'à côté n'ont pas entendu.

— Mais c'est ma cousine, ta cousine, notre cousine !

— Tu vas le répéter longtemps comme ça ? Je te rappelle que sa mère est la demi-sœur de notre mère. C'est donc notre « demi-cousine ».

— C'est pas une raison. Il doit y avoir une raison, John ! Tu dois avoir une bonne raison. Quelle foutue raison tu peux bien avoir ?

— Je n'ai jamais été aussi heureux et libre que quand...

— Je ne veux pas de détails ! Épargne-moi, merci.

Tom vient s'asseoir et se verse une grande rasade de rhum par-dessus le fond de sa tisane froide. Le père

Noël sur la tasse semble le regarder d'un œil mauvais, mais Tom l'ignore et boit l'alcool quasiment cul sec.

— C'est plus efficace que l'infusion. Depuis combien de temps ça dure ? demande-t-il à son frère, qui semble s'être enfermé dans un profond mutisme après avoir lâché sa bombe. Pourquoi, John ? Enfin, si tu me dis qu'Ella te donne ce que tu veux et que... niveau sexe... Enfin, tu n'as pas à te plaindre...

— Ça ne marche pas comme ça. En fait, je suis vraiment un connard, mais Ella est si compliquée... Toujours jalouse, peu sûre d'elle, instable...

— Pour le côté jaloux, ça peut s'expliquer, maintenant. Et oui, « instable », c'est le mot qui lui convient le mieux, je suis d'accord.

— Elle passe du rire aux larmes en trente secondes, elle est soit euphorique, soit suicidaire, et...

— Elle est dépressive, non ?

— Certainement.

— Peut-être que c'est compliqué pour toi de te positionner et de t'occuper d'elle alors que tu as besoin de savoir où tu en es.

John acquiesce.

— Et Anna...

— Anna ?

— Qu'est-ce qu'elle vient faire là-dedans ?

— La première fois qu'on a couché ensemble, c'est arrivé par accident. Je ne me suis pas rendu compte...

Tom se sert du rhum, toujours dans sa tasse père Noël pour se donner bonne conscience.

— Écoute, John, je veux bien être vieux jeu, mais en général, quand on couche avec quelqu'un, c'est rarement sans s'en rendre compte !

— Ce que je veux dire, c'est qu'on avait bu, et je ne sais pas comment, elle m'a embrassé...

Tom manque de s'étrangler, puis il reprend une gorgée de rhum sous le regard accusateur du père Noël.

— Ça, ce sont des choses qui arrivent et que je peux comprendre.

— Ensuite, eh bien, je n'ai pas pu m'arrêter. Elle avait un goût d'interdit, c'était la sensation dont j'avais besoin. Prendre un risque, faire quelque chose qu'on ne m'avait pas dicté. Faire quelque chose que je décidais, moi, sans réfléchir aux conséquences.

— Ah, oui, pour ne pas réfléchir...

John ne l'écoute pas, il est perdu dans ses souvenirs.

— Et puis, le lendemain, je m'en suis énormément voulu, mais en même temps, le souvenir de cette nuit était, c'était... Et Ella a voulu un enfant et m'a transformé en machine à procréer. Je voulais y croire et me projeter, mais encore une fois, je devais faire ce que quelqu'un avait décidé pour moi, et ça me bouffait de l'intérieur. Tu comprends, Tom ?

Les larmes lui nouent la gorge. John se retient pour ne pas les laisser couler sur son visage.

— Je comprends. Calme-toi, je comprends. Je ne te juge pas.

Tom s'assied à côté de son frère.

— Tu as juste commis une erreur, et...

— Non, John. Quand j'ai revu Anna, elle avait ce sourire, elle déambulait autour de moi, et...

— Oh, non !

— Je n'arrive pas à faire autrement. Elle réveille le démon en moi. Je découvre un John que je ne connaissais pas. Je l'ai laissée faire, et c'est tellement excitant de...

— Stop ! On a dit pas de détails. Bon, tu as couché avec elle deux fois, mais...

— Trois.

— Trois fois ? demande Tom de manière appuyée en le regardant sévèrement. Trois fois !

Tom hurle presque mais tente de se contrôler.

— Trois fois. Avec notre « demi-cousine ». Bon, mais on ne va pas en faire tout en plat, OK ? Tu vas prendre ça comme un avertissement, reprend-il en gardant le contrôle de lui-même et en baissant d'un ton. C'est une sonnette d'alarme que tire ton corps, John.

— Exactement.

— Tu dois te poser les bonnes questions.

— Tu as raison, dit John en finissant son verre d'un trait.

— Tu vas appeler Anna et lui expliquer que ça ne doit plus se reproduire.

— Exactement.

— Ensuite, tu iras parler à Ella, et tu lui diras...

— Que je veux cet enfant !

— Quoi ? Mais non, tu...

John se lève, il semble avoir repris des forces.

— Je dois m'engager à fond.

— Non, John, tu dois aller voir papa et lui dire que tu as besoin de réfléchir et de faire un break. Il faudrait que tu mettes tout en pause, John. Tu es perdu et au bord de la rupture.

— C'est vrai. Je dois me recentrer.

— Non, tu dois t'écouter et savoir ce que tu veux vraiment au fond de toi.

— Je veux que tout le monde soit fier de moi.

— Hein ? Mais non, John, on s'en moque de ça. Je serais fier de toi-même si tu partais en Papouasie pêcher la truite.

— Il y a des truites en Papouasie ?

— J'en sais foutre rien ! dit Tom en riant. Mais tu dois dessiner ton avenir, et...

— Justement, mon avenir, c'est Ella ! Tu as raison, je ne devrais pas me plaindre alors que j'ai tout ce que je veux avec elle. Elle est un peu dépressive, mais c'est à cause de moi et de mon comportement. Si je m'investis à cent pour cent, elle ne le sera peut-être plus.

— Alors là, rien n'est moins sûr...

— Ne critique pas la future mère de mes enfants, s'il te plaît !

— Quoi ?

— Je plaisante. Je sais que tu ne veux que mon bien.

— Oui, mais John, réfléchis au fait de prendre du recul, partir, voyager, et peut-être...

John ne l'écoute plus.

— Oui, tu as raison, Tom. Je vais quitter Anna...

— Sur ça, au moins, on est d'accord, mais...

— … et m'engager avec Ella. On peut avoir un enfant, j'ai un métier stable à l'office notarial, donc je peux me le permettre. Je vais le lui annoncer. Merci, mon frère.

Il le serre brièvement dans ses bras sans lui laisser le temps de parler et traverse l'appartement à grandes enjambées.

— J'ai besoin de marcher, je rentre à pied. Ça m'a fait du bien de parler. Merci pour tes conseils, je sais exactement ce que je dois faire, maintenant. Mon avenir est tout tracé !

— Mais, John, non, je…

La porte claque. Tom se retrouve seul dans son appartement, sa tasse à la main, sans comprendre à quel moment il a laissé la conversation lui échapper.

— Alors là… Pourquoi n'ai-je pas été clair ? C'est pas du tout ce que je voulais dire. Je suis vraiment un conseiller pourri ! Les autres : deux ; Tom : zéro.

Il sent sa tête tourner. La fatigue, sûrement, et peut-être un peu le rhum… Il décide d'aller porter les verres dans l'évier et de faire un peu de vaisselle avant d'aller se coucher quand son portable sonne.

— Ah, c'est sans doute John qui comprend que sa conclusion est erronée.

Rassuré, il empoigne le téléphone et voit le prénom Baptiste s'afficher.

— Tom ? C'est toi ? Je ne pensais pas que tu décrocherais.

— Ben, si tu m'appelles, c'est pour m'avoir, non ?

— Oui, oui. Mais je voulais te laisser un message. Écoute, j'ai quelques petits soucis, rien de grave, ne t'inquiète pas. Je me disais que, peut-être, on pourrait en parler. Tu prends du recul, et en général, tout le monde t'écoute.

— En général, oui, mais pas tout le monde, a priori…

— Quoi ?

— Rien. Tu m'inquiètes, Baptiste, c'est lié au boulot ?

— Non, c'est Jessica.

Merde, ils se sont passé le mot, ou quoi ?

— Jessica ? Ça ne va pas entre vous ?

— Si, enfin, c'est compliqué. On peut se voir demain midi ? Je ne sais plus vers qui me tourner.

— Oui, carrément. On mange ensemble ?

— Super ! Et, euh, tu n'en parles à personne, Tom.

— Bien sûr que non.

— Même pas à Aude ! Surtout pas à Aude.

— Mais quand veux-tu que je le répète à Aude, voyons ? Je n'en parlerai à personne. Bonne nuit, Baptiste. À demain, on se retrouve au restau place des Jonquilles.

Son frère raccroche avant qu'il ait le temps de poser plus de questions. En même temps, il n'était pas prêt à le faire.

C'est déjà pas mal pour ce soir.

Il laisse la vaisselle en plan et se dit que, pour commencer, il doit s'acheter un lave-vaisselle. Ensuite, que les frères Bilbonne n'ont vraiment pas l'air doué avec les femmes.

Il retire son pull et son tee-shirt en les passant par-dessus sa tête, les jette en boule sur le canapé. Il rangera demain, car le mal de tête l'empêche de réfléchir correctement. Alors qu'il éteint pour aller se coucher, l'interphone sonne de nouveau.

— Laissez-moi deviner... Hélène, cette fois ? Il manquerait plus que ma sœur. Avec qui peut-elle bien coucher, elle ? Je ne vois que Nathan, le frère de Jessica, ou le cousin Charles.

Amusé intérieurement par sa blague, Tom va d'un pas confiant vers l'interphone, à mille lieues de se douter de qui peut bien sonner à cette heure si avancée de la soirée.

— Aude ?

— Désolée, Tom, il faut que je te parle.

Machinalement, il appuie sur l'interphone, sans savoir s'il a envie, au fond de lui, d'ouvrir à son ex-femme. Il écarquille les yeux et aperçoit alors les cartons non déballés dans le couloir et la vaisselle dans l'évier. Il se rend compte que son haleine sent la verveine et le rhum...

Il pousse les cartons dans le placard, les faisant tenir en équilibre précaire les uns sur les autres pour pouvoir fermer le battant et court dans la cuisine, paniqué, en se demandant par quoi commencer. Évidemment, vu qu'il ne faut que deux minutes pour monter le seul et unique étage de l'immeuble, Aude est déjà là et passe la porte qu'il a laissée entrouverte. Tom a juste eu le temps de récupérer sa tasse père Noël dans l'évier pour la passer sous l'eau. Il se retourne et voit Aude en manteau long, plantée dans l'entrée, une pochette élégante pendant à sa main droite. Sa taille fine est soulignée par la ceinture du manteau à la coupe étroite, ses cheveux châtains ont poussé. Il s'aperçoit pour la première fois qu'Aude a des mèches blondes. Ses yeux semblent creusés par les cernes et la fatigue, mais le vert de ses iris n'en est que plus éclatant.

— Tu es allée chez le coiffeur ? demande-t-il en préambule.

— Oui. Le mois dernier.

— C'est joli, ça égaie ton visage.

Ils restent immobiles comme deux idiots. Tom a le temps de se poser mille questions. Il se demande par quoi commencer quand Aude prend la parole :

— Tu as fait de la musculation ?

Il baisse les yeux sur son propre corps et s'aperçoit qu'il est en jean et torse nu, sa tasse de père Noël moqueur à la main.

— Oui. Je me suis inscrit à la salle il y a plusieurs mois. Ça me détend. En fait, non, ça me défoule, et j'en avais besoin.

Il s'approche, et elle esquisse un léger mouvement de recul, ce qui le surprend.

— Je voulais te proposer de retirer ton manteau.

— Oh, oui. Merci.

Il ferme la porte derrière elle et récupère le vêtement qu'elle lui tend, sans savoir où le poser. S'il ouvre le placard, les cartons vont se jeter sur lui, et il n'a pas encore de portemanteaux. Il finit par le déposer sur le canapé, à côté de son pull précédemment jeté en boule.

— Comment vont les enfants ? Où sont-ils ?

— Ils vont bien. Nina dort chez sa copine Jade pour sa soirée pyjama d'anniversaire et Sacha voulait se faire un marathon *Harry Potter* chez mes parents.

— Ah, oui, Nina m'en a parlé. Elle a trouvé quoi offrir à Jade, finalement ? Elle était stressée à l'idée de ne pas avoir le meilleur cadeau. Elle voulait lui montrer que c'était sa meilleure amie...

— Oui, elle a trouvé un bracelet de l'amitié.

— Très bien. C'est ce que je lui avais conseillé.

Un ange passe, et tous deux se regardent sans rien dire. Après des années à rester côte à côte, à se comprendre sans avoir à se parler, puis après une longue année de divorce, de disputes sans fin et d'explications reprises en boucle, Tom ne sait plus quoi dire. Il sent l'angoisse monter, mais il se ressaisit. Après tout, c'est Aude qui est venue le voir, il est donc logique que ce soit à elle d'exposer le motif de sa venue. Puisqu'il n'a pas envie de la brusquer, il ne pose pas de question.

— Tu veux t'asseoir ?

— Oui, merci.

— Je n'ai pas encore de table ni de chaises, je te propose le canapé.

— Il est très beau. Comme tout ton appartement, en fait.

— C'est un début, il manque encore beaucoup de meubles et d'éléments de décoration.

— Oui, mais c'est prometteur. Très joli tapis ! dit-elle en regardant celui sur lequel Tom a fait les cent pas quelques minutes auparavant, après les annonces de John.

Une fois assis à chaque bout du canapé, le plus loin possible l'un de l'autre, la gêne entre eux est plus forte. Aucun ne sait comment aborder un sujet, ni lequel.

— Je te sers un verre ? Je vais peut-être m'habiller, d'abord.

— Non, répond Aude précipitamment.

— Non pour le verre ou non pour que je mette un pull ? demande Tom avec le sourire canaille qu'il n'avait pas fait depuis longtemps.

Aude rougit, et il ressent un vif élan de plaisir.

— Non, enfin je veux dire, je n'aurais peut-être pas dû venir. Je suis désolée, Tom...

— Mais tu es là, maintenant. Tout va bien ? Tu as le droit de passer me voir, Aude, même si ce n'est pas la résidence officielle des enfants. Je suis ravi que tu sois ici. Tu découvres où j'habite comme ça. Tu veux que je te fasse visiter ? Il y a une chambre pour les enfants, si l'un d'eux veut venir ici. Enfin, avec ton accord, bien sûr. Je ne voudrais pas les prendre quand c'est ton tour, sauf si tu le demandes... Oh, et puis merde, t'as compris.

Aude sourit tristement.

— Ça sera toujours comme ça, Tom ?

Elle lève les yeux vers lui, et il se perd quelques instants dans l'éclat vert de ses prunelles avant de répondre :

— Comment ?

— On ne parlera plus que des enfants quand on se verra ?

Elle semble peinée, et Tom est pris de court.

— C'est l'idée, non, quand on est divorcé...

— Oui, c'est l'idée.

Elle se lève et récupère son manteau.

— C'est idiot, je n'aurais pas dû venir. Il est tard, je viens de quitter Joss, et...

— L'acteur ?

— Oui.

Tom est tout à coup expulsé de sa bulle. Il laisse la contrariété s'exprimer.

— Tu l'as quitté pour la soirée ? Et tu viens me voir ensuite ? Là, je suis curieux. Vous ne dormez pas ensemble quand tu n'as pas les enfants ? Quel est le lien avec moi, Aude ? Comment se fait-il que passer la soirée avec ton jeune et séduisant amant te donne envie de retrouver ton vieux jeu d'ex-mari ensuite ?

— Arrête.

Elle contourne le canapé et s'approche de la porte, son manteau sous le bras. Tom est en colère, il ne sait pas trop si c'est contre lui ou contre elle, mais quand il s'avance pour lui ouvrir la porte et la laisser partir, il aperçoit une larme couler sur sa joue. La tension retombe. Il saisit le vêtement, le dépose sur le canapé et lui essuie la joue.

— Aude, qu'est-ce qui se passe ?

Elle tourne la tête pour essayer de cacher ses larmes, mais Tom prend tendrement son menton entre ses mains et l'oblige à lui faire face pour qu'ils se regardent.

— Je gâche tout, Tom. Toujours.

— Quoi ? Tu ne gâches jamais rien. Au contraire, tu embellis les choses.

Elle ouvre de grands yeux effarés.

— Je suis devenue une maman, et j'ai détruit notre couple...

— Mais non, voyons, je t'ai laissée n'être qu'une maman et j'ai oublié de te montrer que tu étais une femme...

— Je crois que je ne sais plus être une femme, justement...

— Comment ça ? Je te trouve très loin des critères masculins, dans cette magnifique robe noire...

— Est-ce que... est-ce que...

— Quoi ? Dis-moi, Aude, quel est le problème ?

Il chuchote, de peur que s'il parle plus fort, elle s'évapore comme dans un rêve.

— J'ai peur de ne plus savoir.

— Savoir quoi ?

— Faire l'amour.

Elle le regarde droit dans les yeux, son regard s'ancre dans celui de Tom. Il sent une énorme montée de désir l'envahir, qu'il n'arrive pas à contrôler. Rien à voir avec Ella quelques heures plus tôt. Là, c'est viscéral, profond. Il se penche et murmure à son oreille :

— Je ne pense pas que ça s'oublie. Ton Apollon ne sait peut-être pas faire...

Aude promène les mains sur le torse de Tom et le caresse doucement.

— Il pense que j'ai oublié la recette... J'ai l'impression d'être... d'être...

— D'être ?

Tom se penche et l'embrasse doucement dans le cou. Il l'effleure. Au fond de lui, il a cette impression que le moindre bruit peut rompre ce moment magique. C'est à peine s'il ose respirer.

— ... d'être frigide.

Ce mot le surprend tellement qu'il s'écarte légèrement d'elle. Non, Aude ne plaisante pas, elle est même très sérieuse et semble soudain désespérée.

Alors, Tom laisse son instinct prendre le dessus et l'embrasse.

Aude répond avec la même fougue à son baiser, et ils se retrouvent enlacés, s'embrassant à perdre haleine, l'essentiel de leur survie se trouvant dans le corps de l'autre.

Rien ne semble pouvoir les arrêter, plus aucun craquement de bois ne peut couvrir les battements de leurs cœurs qui s'accélèrent et qui s'enflamment, projetant leur rythme cardiaque dans la zone rouge.

Tom ayant peu d'habits sur lui, c'est la robe d'Aude qui vole en premier, pour atteindre le canapé. C'est contre la porte d'entrée et dans le couloir de son nouvel appartement que Tom reprend vie et qu'Aude oublie ce que signifie « frigide ».

Blog : « Le weddingue de Jess et Baptiste »

Précisions sur les horaires de la cérémonie et les chambres de chacun :

Un, deux, trois, nous irons au bois…

Êtes-vous bien sûrs qu'il est temps de bloquer les chambres ? Car nous ne voudrions pas faire perdre notre temps à la future mariée, n'est-ce pas ?

Elle a certainement beaucoup d'autres choses à régler…

Or, si c'est pour faire des réservations alors que nous ne dormirons pas dans les chambres prévues, est-ce bien utile ?

Passé-présent-futur : nous devrions revoir nos bases et réapprendre à conjuguer, car plusieurs invités ont des lacunes.

« Passé » : vie antérieure, considérée comme un ensemble de souvenirs.

Ça, c'est la définition trouvée sur Google. Il semblerait que, pour certains, les souvenirs aient un bon goût de « reviens-y ».

Mais si les ex sont d'actualité, ne vous laissez pas berner par eux. À la loterie de l'amour, je vois des présents qui ne se rendent pas compte qu'ils sont déjà passés, des futurs qui pourraient bien être loupés s'ils ne font pas attention, des « presque » - des occasions ratées -, des « pas encore finis » et des « déjà classés ».

Donc, à la question « Qui va dormir où et avec qui ? », je ne pense pas que nous ayons encore toutes les réponses.

Mais je m'amuse ! Il faut bien que jeunesse se passe. Attention, cependant, à faire les bons choix avant qu'il soit trop tard, car, après tout, si on attend trop, jeunesse se fane...

MP.

42 commentaires :

Je ne comprends pas, je dormirai bien dans la chambre qui m'était reservée ? Celle avec vue sur les montagnes comme je te l'ai demandé, Jessica ?

Et qui est MP, vous l'avez invitée ? Je suis perdu. Quelqu'un sait, exactement ? Je ne trouve pas ça très catholique, on dirait qu'une personne fait des messes basses, et je déteste les cachotteries.

Marie, la tante de Baptiste.

Si ça peut arranger, je peux partager ma chambre. Avec une belle blonde à forte poitrine de préférence, mais je ne suis pas difficile, j'aime aussi les rousses et les brunes ☺ Hahaha.

Cousin Charles.

Acte III

Le secret

J-15 avant le mariage.
Rue Saint-Bernard, chez Pierre.
Pierre, Louise, puis Nathan.

— Ça te fait rire ? demande Louise.

— Oui, je l'avoue. La lecture de ce blog me change les idées et me divertit. Tu sais, à nos âges, nous n'avons pas tant d'occasions que ça.

— Oh, arrête ! On dirait que tu vas mourir demain. Je n'aime pas quand tu t'apitoies.

— Moi ? Non, jamais. On ne peut pas vraiment dire que je sois de ce genre, Louise. Tu peux me reprocher beaucoup de choses, mais pas celle-là.

— C'est vrai, je suis injuste. C'est fatigant, parfois, de te voir toujours si parfait, si droit. Tu n'as jamais commis d'erreur, Pierre ? J'ai l'impression que tu es un saint. Je me sens l'âme d'une pécheresse à tes côtés.

— Toi ?

Pierre rit doucement, se lève et va enlever le sachet de thé qui infuse dans le magnifique service en porcelaine de son arrière-grand-mère. Il fait couler l'eau brûlante dans les deux tasses assorties.

Pendant ce qui ressemble à un cérémonial, les deux se taisent. Puis, quand Pierre tend sa tasse à Louise, celle-ci n'y tient plus.

— Pourquoi m'as-tu fait venir ?

— Je n'ai pas le droit d'inviter une vieille amie à prendre le thé ?

— Si, bien sûr, mais en quarante ans, tu ne l'as jamais fait. C'est à croire que tu n'es plus que l'ami de Bernard et que nous n'avons jamais été proches.

— Tu es dure, Louise.

— Non, je suis pressée. Je n'ai plus le temps de faire semblant, alors tu me pardonneras ma franchise.

— C'est justement pour ça que je t'ai fait venir. Pour ce que tu appelles « ta franchise ».

Elle se durcit et manque de faire tomber la tasse tant ses doigts se rigidifient sur l'anse fragile.

— Tu sais que tu as toujours pu compter sur moi, Louise.

— Bernard a toujours pu compter sur toi, rectifie-t-elle sèchement.

— Bernard est mon ami, je le connais depuis...

— Tes 17 ans, je sais. Je te rappelle que je connais votre histoire, je vous ai connu tous les deux à 20 ans. À nos 20 ans. C'était une autre vie. Il était ton héros. Tu aurais tout donné pour lui. D'ailleurs, tu as tout donné et tout abandonné.

— Il m'a sauvé la vie.

— Et il te l'a reprise ensuite.

Pierre est effaré. Il a les yeux écarquillés et la bouche ouverte.

— Pardon. Je n'aurai pas dû.

— J'aime Bernard plus que tout, et...

— Plus que moi, oui, je sais.

— J'aurais dû t'aimer plus, Louise ? C'est ce que tu es en train de me faire comprendre ?

— Non, j'aimerais juste savoir si tu m'as aimée, tout court.

— Tu connais la réponse. Tu es très dure de me le faire dire maintenant.

— Peut-être parce que je n'ai jamais réussi à te le faire dire avant...

— Ça aurait changé quelque chose ?

Pierre pose un regard triste sur Louise, qui le soutient. Ils s'observent quelques instants en silence. Le poids des secrets retenus depuis quarante ans pèse immensément sur leurs paupières vieillies.

— Ça aurait peut-être tout changé, chuchote Louise.

Pierre est figé, on dirait une poupée de cire qui ne serait qu'une pâle imitation. Louise sourit et continue de parler doucement, elle murmure ce secret retenu si longtemps. Pour autant, malgré ce que Pierre craignait, le monde ne s'effondre pas.

— Si j'avais su que tu m'aimais, j'aurais peut-être pu choisir. Tu m'as ôté ce choix...

Pierre a juste la force de détourner ses yeux de ses iris verts dont il a tant rêvé, qu'il a tant chéris. Une larme coule, et il espère, en vain, qu'elle échappera au regard de Louise.

— … je n'ai pas eu la possibilité de savoir qui j'aimais entre ces deux hommes qui étaient mes amis. Car on ne m'a jamais posé la question. Tu t'es sacrifié, tu as laissé le héros gagner la belle. Oui, j'ai aimé Bernard, oui, je l'aime. J'ai appris à aimer l'ami, l'amant, le père. J'ai tout aimé en lui. Sauf le fait que j'aie perdu un proche. Toi. Tu ne sauras donc jamais si j'aurais pu t'aimer de la même façon…

— Arrête.

La deuxième larme, cette traîtresse, roule sur la joue de Pierre, qui tourne la tête. Il regarde fixement le mur de sa cuisine. Le papier peint se décolle, comme les lambeaux de son âme.

— … ou si j'aurais pu t'aimer encore plus fort. L'amour face à la passion. Tu n'y as jamais pensé, en quarante ans ? Ce que ce « nous » aurait pu donner ?

— Arrête !

Cette fois, Pierre plante ses yeux dans ceux de Louise.

— Arrête, Louise. Ça fait quarante ans que tout le monde se demande si je suis homosexuel. Quarante ans que je n'arrive pas à garder une femme, quarante ans que je respecte ton choix mais que j'en crève. Ne viens pas tout gâcher maintenant !

Il se lève et se mouche discrètement.

— Pourquoi ? Pourquoi, Louise ?

— Tu le sais.

Il revient s'asseoir à côté d'elle.

— Alors, c'est ça ? C'est ton dernier acte ? Tu veux finir en sabotant tout ?

— Non…

Cette fois, c'est Louise qui est perdue et qui baisse la tête. Elle a été trop loin, elle le sait, mais rien ne pouvait l'arrêter. Rien ne peut l'arrêter sur rien. Elle ne se contrôle plus, et ce qu'elle devient lui fait peur. Pierre continue :

— Quarante ans que je t'aime en silence. Que je souffre en silence, que je rêve de te prendre dans mes bras, mais que je chéris le fait que Bernard est un homme bien, que vos enfants sont magnifiques et que je n'aurais certainement pas su faire mieux. Alors, je me dis que j'ai bien fait. Que t'avouer mes sentiments n'aurait servi à rien. Tu n'aurais pas pris une autre décision, je vous aurais perdu tous les deux. Et ça, je ne l'aurais pas supporté. Je préfère être dans l'ombre, mais être auprès de vous. Qu'un peu de votre bonheur irradie sur moi. Être là... jusqu'au bout...

Louise se lève d'un bond. Puis, un ange passe. Elle sert du thé et s'installe à nouveau auprès de lui.

— Tu sauras être là jusqu'au bout pour Bernard ? demande-t-elle soudain doucement.

— Oui, bien sûr.

— Et pour Jessica et Nathan ? Nathan est fragile, tu sais.

— Non, il ne l'est pas. Mais je serai là pour eux. Le tonton, l'oncle bienveillant que j'ai toujours été. Le meilleur ami de leur père, celui que l'on connaît par cœur mais dont on ne sait rien. Rien ne changera, je te le promets.

— Promets-le, Pierre...

Louise se penche vers lui, et, sans réfléchir, pose tendrement ses lèvres sur celles de Pierre. Le temps se fige. Il se revoit à 20 ans, en train de s'amuser avec Bernard. Il revoit Louise, ses jupes légères, son rire, leur complicité à tous les trois, les œillades qu'elle lui lance... Puis il revoit Bernard qui, le premier – mauvais timing –, lui confie qu'il est amoureux d'elle. Pierre sait depuis longtemps qu'elle est la seule, l'unique, celle qu'il aimera toute sa vie. Mais Bernard l'a dit avant...

Il se revoit à 17 ans, apeuré, coincé dans ce trou pendant leur service militaire. La mort est proche, il s'y est résolu. Mais la voix qui le soutiendra, qui restera malgré le froid et le danger pour le maintenir en vie, cette voix, c'est celle de Bernard. Là il comprend, il comprend qu'il ne doit pas être le troisième. Quand Louise lui posera la question, il ne répondra pas, elle pensera qu'il ne l'aime pas, et elle choisira Bernard. C'est comme ça que ça doit se passer...

Quarante ans à aimer une femme que l'on n'a jamais embrassée pour sentir aujourd'hui le goût de ses lèvres mélangé aux larmes.

— Louise, je t'en supplie, bats-toi !

Pierre pleure sans retenue, sans crainte qu'elle le remarque. Les larmes coulent lentement, en silence, sur ses joues et sur celles de Louise. Ils sont si proches qu'il se demande si ce ne sont pas les siennes, qui viennent strier le beau visage collé au sien. Mais non, pour la première fois, cette femme si forte, si belle, si grande dans son âme et dans son cœur, est en train de pleurer.

— Je n'en peux plus, Pierre, dit-elle dans un murmure. Je n'en peux plus. Je ne gagnerai que quelques mois, je finirai épuisée et l'ombre de moi-même. Tu sais que je ne peux partir qu'avec panache. Cette saleté a gagné, laisse-moi livrer le dernier combat à ma façon. Je vais partir, mais je laisse deux beaux enfants et deux hommes merveilleux pour chérir mon souvenir...

— Je t'aime, lui susurre Pierre.

Louise sourit doucement, lui essuie la joue et parle tellement bas qu'il ne sait pas s'il l'imagine ou si elle prononce vraiment ces mots :

— Moi aussi.

Soudain, ils sont extraits de leur bulle par la sonnerie de la porte qui retentit. Pierre se lève pour aller ouvrir.

— Louise, je t'en prie, ne m'en veux pas. Je n'ai jamais pu mentir, tu le sais. Cacher la vérité et te protéger, oui, mais je ne peux pas te protéger contre toi-même. Vous avez décidé de ne rien leur dire, c'est votre choix, même si je ne pense pas me tromper en disant que c'est plus le tien que celui de Bernard. Or, quand on me pose la question, je refuse de mentir. Pas à eux.

— Il est là ?

— Oui, et il veut te parler. Ce n'est pas un guet-apens, c'est lui qui m'a supplié, et je pense que tu devrais écouter ce qu'il a à te dire. C'est un garçon intelligent, qui mérite des réponses. Et même si tu m'en veux...

— Je ne t'en veux pas, Pierre. Je comprends...

Louise se lève, lisse sa robe et continue :

— ... tu peux ouvrir à mon fils. Je suis prête à lui parler.

Acte II

La fin

J-5 avant le mariage.
Rue des Casse-Têtes.
Baptiste et Jessica.

— Comment ça, « bizarre » ?

Jessica se cale sur le canapé dans les bras de Baptiste et réfléchit avant de lui répondre :

— Ma mère est bizarre, en ce moment. Qu'est-ce que tu veux que je te dise ? Elle me cache quelque chose, mais je ne sais pas quoi.

— Qu'elle est la maîtresse de Pierre ? demande Baptiste en souriant pour essayer de détendre l'atmosphère, plutôt lourde ces derniers jours.

— Oh, arrête, c'est pas drôle.

— Tu avoueras que c'est « bizarre », justement, cette relation à trois qu'ils entretiennent avec ton père. Toi, ça ne te choque pas, car tu les as toujours connus ainsi. Vous considérez Pierre comme votre oncle, Nathan et toi, mais en réalité, il n'est pas de la famille.

— C'est le meilleur ami de mon père ! Papa l'a sauvé quand ils étaient à l'armée.

— Oui, je sais, tout le monde raconte cette légende en boucle. Pierre est tombé dans un ravin par des températures négatives, il était blessé à la cheville et ne pouvait pas s'en sortir seul, il se laissait mourir. Puis ton père, qui faisait partie de son régiment, a été le premier à le trouver et lui a parlé, c'est ce qui l'a maintenu en vie...

— Il ne lui a pas « parlé », comme tu dis. Il est resté en haut, immobile, lui aussi, dans le froid, à le réconforter et à tout faire pour qu'il tienne bon et qu'il s'accroche, au péril de sa propre vie.

— Oui, c'est bien ça. C'est une belle histoire, Jess. Mais ensuite ?

— Ensuite, quoi ? Ils avaient 17 ou 18 ans, ils sont devenus inséparables. Puis, ils ont rencontré ma mère...

— Voilà ! la coupe Baptiste. Voilà où je veux en venir ! Même toi, tu fais le lapsus. *Ils* ont rencontré Louise.

Jessica se redresse du canapé et va se servir un verre.

— Oui, « ils ». Ils étaient deux, qu'est-ce que ça change ?

— Rien, ne te fâche pas. Je te fais juste remarquer ce que tu n'as jamais voulu voir, à savoir la façon dont Pierre regarde ta mère.

— N'importe quoi, Baptiste ! Tu as l'esprit mal placé ! Un homme et une femme ne peuvent pas être amis, peut-être ?

— Non !

Il a presque crié, ce qui surprend Jessica, car son fiancé ne s'emporte jamais. Ou du moins presque jamais.

Les deux se dévisagent, puis Baptiste reprend la parole :

— Excuse-moi, je n'en sais rien pour ta mère. Elle est sans doute étrange pour une autre raison, je ne dois pas voir le mal partout. Et puis, après tout, si elle est avec Pierre, ça la regarde. Si ton père est au courant et qu'il l'accepte, ça le regarde aussi.

— Mais Baptiste, tu délires ! Tu vois mon père accepter ça ? Et c'est quoi, cette image que tu as de mes parents ? Tu crois que les tiens sont parfaits ? Ah, oui, c'est sûr, ta mère, coincée comme elle est, il ne va rien lui arriver ! Et ta tante, c'est tout simplement le Saint-Esprit qui l'a mise enceinte, car tout le monde sait très bien qu'elle est la Vierge Marie !

— Arrête tout de suite, Jessica ! Je n'attaquais pas tes parents, donc je ne vois pas ce que les miens viennent faire là-dedans.

— Tu n'attaques pas mes parents quand tu dis que ma mère trompe mon père depuis le début ? Ou mieux, quand tu sous-entends que c'est un ménage à trois ? Je suis peut-être même la fille de Pierre tant que tu y es ! Ou alors Nathan ? C'est vrai qu'on ne se ressemble pas tant que ça, tous les deux.

— N'importe quoi. Vous vous ressemblez comme deux gouttes d'eau, ton frère et toi, et je suis convaincu que Bernard est votre père. Stop ! Ne me prête pas des paroles que je n'ai pas prononcées.

— Alors qu'est-ce que tu es en train de me dire, Baptiste ? Sois plus clair parce que je suis paumée.

Il se lève et fait les cent pas en regardant le sol.

— Que je ne suis pas ton père, quelle que soit sa décision. Je le respecte, c'est un homme bien, et ce n'est pas une critique, mais un fait.

Jessica se tait et essaie de savoir ce qui lui a échappé. Baptiste continue sans la regarder :

— Je ne sais pas si j'ai eu bien fait de me taire, de m'adresser à ta mère, de suivre les conseils de mon frère et de n'en faire qu'à ma tête. Et surtout, je ne sais pas si c'est le putain de bon moment pour en parler à cinq jours du mariage, mais je ne suis pas ton père !

Il s'arrête et la fixe gravement. Jessica reste sans voix, ne comprend pas la souffrance dans la voix de Baptiste. Elle réplique d'une voix hésitante :

— En fait, heureusement que tu n'es pas mon père, ça m'aurait gravement compliqué la vie de t'épouser.

Baptiste, insensible à sa tentative d'humour, reprend :

— Je ne pourrai jamais être dans l'ombre, être le second. Si je t'épouse, c'est pour être le seul, l'unique, ou au moins pour faire semblant d'y croire. Je veux être le mari mais aussi l'amant, le meilleur ami et le confident. Et si tu ne peux pas m'offrir ça, je préfère souffrir maintenant que de m'en rendre compte plus tard.

Jessica perçoit alors ce qu'elle n'avait jamais vu dans les yeux de son fiancé : la peur. Cela la touche et lui fait oublier le sentiment de colère qu'elle éprouve.

Adoucie, mais toujours un peu perdue, elle reprend la parole :

— Je ne sais pas de quoi tu parles, chéri. Mais à ce que je crois comprendre, tu as mal interprété quelque chose et tu as gardé ça pour toi un bon moment, puisque tu as eu le temps d'en parler à la terre entière !

— Pas à la terre entière, non. Juste à Mehdi, qui était avec moi. Puis à John, car après tout, c'est mon autre témoin. Et puis à ta mère, car je pensais qu'elle serait de bon conseil.

— Avant que tu m'expliques tout en détail, on va juste s'arrêter sur ce que tu viens de dire. Pour obtenir un conseil sur ton couple, tu as d'abord pensé à te confier à ton meilleur ami, un éternel célibataire qui n'est jamais resté avec quiconque plus de deux mois et qui a failli faire une crise cardiaque quand sa dernière conquête lui a suggéré de lui donner un double des clés de son appartement. Ensuite, tu t'es dit que ton frère, qui n'a eu qu'une seule femme dans sa vie et qui est divorcé, trouverait les mots justes, puis, enfin, ma mère, qui, selon toi, trompe mon père ?

— Ou... oui, dit comme ça, c'est ridicule, je te l'accorde.

— Stupide...

— Stupide, aussi.

— ... et immature.

— OK pour immature, mais, Jessica...

— Comment arrives-tu à être si agaçant, immature et craquant en même temps ?

— On peut s'arrêter sur « craquant » et ne retenir que ça ?

Il s'approche d'elle en souriant et la prend dans ses bras, mais elle le repousse doucement.

— Raconte-moi, s'il te plaît.

— Eh bien...

Baptiste s'arrête net.

— Si tu n'as rien à te reprocher, explique-toi, dit-il alors.

— Quoi ? Que j'explique quoi ?

— Ce que j'aurais pu mal prendre. Car ça n'a pas l'air de te surprendre.

— Tu plaisantes, Baptiste ? Tu ne me fais pas confiance et tu veux me tendre un piège ? C'est comme ça que tu veux bâtir une relation sérieuse ?

— Non, je veux bâtir une relation sérieuse sur la confiance. Je croyais qu'elle était de fait entre nous. Mais quand je te croise dans un bar en compagnie d'un homme et que je vois certains signes, alors que tu es censée être avec ta copine soit dit en passant, estime-toi heureuse que je sois accompagné de ce fameux meilleur ami instable en amour mais complètement inoffensif, car il me retient d'aller casser la gueule de l'inconnu qui boit un verre avec ma future femme.

Jessica, abasourdie, analyse rapidement la situation. Elle n'a rien à se reprocher, donc tout est explicable – à part, peut-être, les cachotteries. Effectivement, elle n'aurait pas dû voir Fabrice dans le dos de Baptiste, il va falloir qu'elle se fasse pardonner ça. Autre chose retient son attention : il n'est pas certain de connaître son identité. Un court instant, elle hésite, puis finit par se rendre à l'évidence : ce n'est pas le bon moment, à quelques jours du mariage, pour lui avouer son ancienne relation. Surtout que Fabrice est invité à la cérémonie, étant un proche de la famille depuis très longtemps, et qu'il est trop tard pour le décommander.

— Bon. Posons-nous, dit-elle doucement. Je vais chercher un verre.

— Tu as besoin de boire chaque fois que tu t'adresses à moi ?

— Pardon ?

Cette fois, la colère revient d'un coup. Elle ne sait pas vraiment pourquoi et ne prend pas la peine d'y réfléchir, mais elle a besoin d'en découdre.

— Tu insinues quoi, Baptiste ?

— Rien, mais...

— Ça fait beaucoup de choses que tu ne veux pas insinuer, ce soir, mais que tu finis par lâcher comme pas mal de petites bombes. On va jouer cartes sur table. Je ne suis pas alcoolique, même si cette MP de merde l'a insinué sur le blog !

— Je n'ai pas dit ça ! Et je te ferai remarquer que je ne suis pas influençable. Surtout pas par un ou une inconnue.

— Alors, c'est quoi ton problème ?

— Tu es obligée de hurler ?

— Oui ! crie Jessica.

Quelques secondes de silence, puis Baptiste reprend la parole :

— J'ai l'impression que tu ne me supportes plus, Jessica. Tu ne me confies rien, tu es présente, mais tu penses à autre chose. Tu me mens en disant rejoindre ta copine alors que tu es avec un inconnu. Au début, je pensais que c'étaient les préparatifs du mariage, la pression de l'organisation, le fait que MP en rajoute. Mais, au final, je me demande si ça n'est pas plus profond que ça. Si tu ne te sabotes pas parce que, au fond de toi, ce n'est pas ce que tu veux. Je ne suis pas celui que tu veux. Et oui, j'assimile ça au fait que, chaque fois qu'on essaie de discuter, tu as besoin de boire du vin. Non, tu n'es pas alcoolique, puisque, justement, on discute de moins en moins.

Elle le fusille du regard.

— Et donc, tu t'es dit : « Tiens, attendons la semaine juste avant le mariage pour mettre tout ça sur le tapis ! » Et si c'était toi qui doutais, hein ? Si c'était toi qui avais attendu le dernier moment pour qu'une dispute éclate, en commençant par critiquer ma famille et la relation de mes parents, pour être sûr qu'on parte sur de bonnes bases ? Tout ça avant de me pseudo-coincer avec le fait que j'aie pris un verre avec un inconnu ?

— Tu délires, Jessica. Je t'aime comme un fou, tu le sais bien. Je t'ai toujours aimée plus que...

Baptiste s'arrête.

— Continue. Plus que je ne t'aime, c'est ça ? Tu es toujours persuadé que je ne t'aime pas comme tu m'aimes ? Pas assez ? Tu sais qu'il y a de très bons psys ? Parce que, quoi que je fasse, tu en seras toujours persuadé. Et, franchement, je ne vais pas passer ma vie à essayer de te prouver le contraire. Je suis fatiguée. Je ne sais même pas pourquoi on se prend la tête. Oui, j'ai fait une connerie, j'étais avec Myriam et j'ai revu un ex. Pas un ex avec qui l'histoire n'est pas finie, mais un ex qui a compté juste ce qu'il faut pour lui dire au revoir proprement. Parce que c'est définitif, parce que j'ai rencontré le seul et unique homme avec qui j'ai envie de passer le restant de mes jours. Donc je le lui explique, il comprend. On est à peu de jours du mariage, tu es jaloux, convaincu que tu ne me mérites pas, donc je commets une autre erreur : je ne t'en parle pas. Tout ça pour en arriver là aujourd'hui. Constat : j'ai tout fait de travers. Mais bon, après tout, je n'avais pas bu d'alcool, donc c'est peut-être pour ça... Il m'a manqué ma dose.

— Arrête... Je vais passer sur le fait que j'aie soi-disant besoin d'un psy et revenir sur la partie où tu précises l'avoir rencontré sans que ce soit prémédité. Et les SMS que tu envoies en cachette ?

— Là, c'est de la paranoïa.

— Je suis peut-être parano, effectivement... Mais je crois que, tout mis bout à bout, j'ai de bonnes raisons de tirer la sonnette d'alarme. Et le fait que tu retournes le problème en disant que c'est ma faute, c'est, c'est...

— C'est quoi, Baptiste ? Abusé ? Une nouvelle manigance de ma part ?

— ... triste. C'est ce que j'allais dire : si triste.

Les deux se regardent, ne sachant plus quoi dire. Puis, Baptiste va dans la chambre et prend quelques affaires dans l'armoire, les range dans un sac.

Quand elle reconnaît le bruit du placard qui se ferme, Jessica arrive en courant.

— Tu fais quoi ?

Il ferme le sac et le laisse sur le lit, puis il s'approche d'elle et prend son visage entre ses mains.

— Je t'aime, Jessica, mais je pense que beaucoup de choses nous perturbent en ce moment. Les préparatifs du mariage et tout le stress n'aident pas. On est l'un sur l'autre depuis longtemps, et je ne veux pas commettre les mêmes erreurs que mon frère John. Je souhaite que tu aies de la place pour réfléchir, que si tu dis « oui », ce soit un vrai « oui » de bonheur et de joie à l'idée de t'engager avec moi. J'ai attendu pour voir si tu allais tout m'avouer, mais tu n'es pas prête. Tu as le droit d'avoir ton jardin secret, mais c'est blessant. Ce que l'on garde secret, on le garde dans un coin de son cœur. Tu me connais, je ne pourrai être heureux qu'en ayant ton cœur entier.

Il l'embrasse sur le front, puis sur le nez, et enfin frôle doucement ses lèvres. Puis, il s'éloigne et récupère ses affaires.

— C'est n'importe quoi, chuchote Jessica, au bord des larmes.

— Les futurs mariés ne doivent pas se voir avant le mariage, non ? questionne Baptiste en allant dans la cuisine.

— La veille… la veille seulement, répond Jessica à voix basse avant de le rejoindre. Tu vas où ? demande-t-elle sans aucune émotion dans la voix.

— Chez Tom.

— C'est sûr qu'il sera d'excellent conseil.

— Pourquoi ? C'est lui qui a tous les torts ? Aude, ta parfaite copine Aude, est exemplaire, elle ?

— N'importe quoi. Je n'ai jamais dit ça. Mais elle se confie, figure-toi, et je ne pense pas que Tom ait tout fait pour la garder !

— Qu'il n'a pas tout fait ? Il était fou d'elle, tout le monde le voyait, et…

— Eh bien, il faut croire qu'aimer quelqu'un plus que tout ne suffit pas, Baptiste. Tu ne crois pas ?

Il s'arrête, comprenant où elle veut en venir.

— On a assez de nos problèmes, finit-il par dire. On ne va pas essayer de régler ceux des autres en plus.

Il récupère son manteau dans l'entrée, ouvre la porte, son petit sac à la main, et lui lance sans se retourner :

— À samedi, Jessica. On verra si on le veut toujours.

Puis il sort en claquant le battant. Le bruit sort Jessica de sa transe, elle réalise alors ce qui vient de se passer. Elle prend son téléphone et envoie un texto à Myriam et Aude.

`Mariage probablement annulé. Besoin de beaucoup de vodka. Vous attends à la maison. Urgent.`

Elle se laisse glisser contre le mur du salon, se retrouve par terre, son portable à la main. Elle laisse son corps réagir, exploser, et toutes les larmes qui n'arrivaient pas à monter coulent enfin.

Blog : « Le weddingue de Jess et Baptiste »

Qui a trouvé la robe parfaite ? Celle qui sera en laine chaude tout en étant sexy, mais sans faire apparaître les bourrelets ?

Qui a trouvé le costume parfait ? Celui dont les ourlets du pantalon seront assez longs pour tomber sur les chaussures, mais qui supporteront la neige et ne se flingueront pas dans la boue (qu'il risque d'y avoir si les températures remontent) ?

Allez, passons, j'arrête d'être mauvaise langue. Ça se trouve, il fera super bon, en sortant des voitures on ne glissera pas sur une plaque de verglas, à l'intérieur il fera juste comme il faut et on ne crèvera pas avec nos vêtements d'hiver dans une salle surchauffée.

Et puis, chacun a pris son Lexomil ? Comme ça, pas de dépression, pas de mauvaises réactions, de ressentiments, de sombres histoires secrètes révélées grâce à l'abus d'alcool, de couples improbables qui se forment et le regrettent le lendemain (ah non, ça, c'est déjà fait). Peut-être aurons-nous justement de vrais couples qui se formeront et de belles surprises, peut-être ferons-nous de nouvelles rencontres… Nous verrons bien.

Quoi qu'il en soit, le grand jour arrive. Je tire mon chapeau à l'organisatrice, soit la future mariée. En fait, il se pourrait que j'aie été le corbeau malveillant. Tout semble parfait, et, au final, rassurez-vous, tout va bien se passer. Car, en général, c'est toujours avant que tout déconne. Le mariage étant demain, il ne peut plus rien se passer.

Le jour J, normalement, tout le monde se tient. On sera tous là pour eux, pas vrai ? On a tous un lien avec l'un ou l'autre. D'un côté, la famille et les proches de la mariée, de l'autre, ceux du marié. Et puis, il y a les invités qui sont des « deux côtés ».

Même si nous avons un penchant pour l'un des deux, ce que nous voulons au final, c'est leur bonheur. Donc, demain, ce sera une parenthèse enchantée. Le plus dur est derrière nous. Demain, s'ils s'aiment vraiment, ils se diront « oui », et nous leur souhaiterons plein de bonheur pour le reste de leur vie. Croisons les doigts…

MP.

3 commentaires :

Waouh, c'est demain, la bamboche ! Trop hâte, les enfants, de faire la fête avec vous ! En plus, je viendrai peut-être avec ma nouvelle copine. C'est pas trop tard, Jess ? Tu m'avais dit oui, au cas où.

Cousin Charles.

Acte I

Le commencement

Veille du mariage.
Rue de l'Aurore. Château où se déroulera l'événement.
Chambre de Liliane et Fred.

— On fait quoi ? demande Liliane à son mari.

— Mais qu'est-ce que tu veux qu'on fasse ? Ils se sont brouillés, ce sont des choses qui arrivent, non ? On n'y peut rien. C'est à Baptiste de réagir. Il vaut mieux que ça se passe avant plutôt qu'après. S'ils doivent se réconcilier, c'est bien. Sinon, on aura certes perdu beaucoup d'argent, mais tout aura été arrêté à temps.

Liliane le regarde, choquée.

— Tu plaisantes, Fred ? On ne peut pas rester les bras croisés. Jessica est notre belle-fille. Elle est faite pour Baptiste, et il est fait pour elle. Ils ne s'en rendent pas compte, c'est tout.

— Donc, c'est toi qui vas leur en faire prendre conscience ?

— Qui veux-tu que ce soit d'autre ? Tom, qui est complètement dans la lune, en ce moment ? D'ailleurs, tu sais qu'il est arrivé un matin à l'office habillé pareil que la veille ? C'est la secrétaire qui me l'a dit... Il est complètement à l'ouest, ce petit, ces derniers temps. Je crois qu'il va vraiment mal.

— Vois-tu, j'aurais dit le contraire. Je le trouve beaucoup plus souriant et détendu. Peut-être qu'il a rencontré quelqu'un ?

— Oh, mon chéri, tu es un mari formidable, mais, décidément, tu ne connais vraiment pas tes enfants. En tant que maman, je sais ce qu'ils vivent. Je le ressens au plus profond de mon âme. Et il va mal !

Frédéric étant habitué aux élans de « cordon ombilical » de sa femme, comme il les appelle, préfère ne rien répondre. Il continue de vider la valise et de ranger son contenu dans le placard – ce qu'il trouve au passage inutile pour seulement deux jours qu'ils passeront ici, mais il souhaite faire plaisir à Liliane, éviter des remontrances et des explications interminables.

Sa femme vient de repasser le pantalon qu'il portera demain – elle a apporté sa propre table à repasser et son fer, persuadée que la route faite depuis le pressing a complètement modifié les plis sur les jambes, rendant ces dernières asymétriques.

— Ensuite, poursuit Liliane, Hélène est plus seule que jamais. En prime, elle a grossi, c'est indéniable. Tu as vu ? Et ça, c'est un signe de dépression...

— Hélène ? Ma choupette ?

— Oh, Frédéric ! Ne me dis pas que tu le découvres ! Ta petite fille d'amour va mal. Bon, tu ne t'en es pas rendu compte, mais ne sois pas trop dur avec toi-même.

Tu ne peux pas tout voir, et c'est difficile de lire entre les lignes.

— Oui, c'est certain... Interpréter les choses de travers comme tu le fais, c'est difficile..., marmonne Frédéric dans sa barbe.

— Quoi ?

— Non, rien.

— Tu sais que je déteste quand tu fais ça. Dis-moi ce que tu chuchotes dans mon dos, ou...

Un coup retentit à la porte, la stoppant net, au grand soulagement de son mari.

— Sauvé par le gong, annonce-t-il en allant ouvrir, tout sourire.

Baptiste entre dans la chambre. Il semble épuisé, on croirait qu'il n'a pas dormi depuis deux jours.

— Mon chéri, mais que t'arrive-t-il ? demande sa mère en se jetant sur lui pour le prendre dans ses bras.

Il la serre, puis va s'asseoir sur le lit, pile sur la chemise de son père que Liliane venait d'y poser afin que son mari la pende à un cintre. Elle grimace mais ne dit rien et se contente de jeter un regard noir à Frédéric, coupable de ne pas avoir rangé le vêtement afin de le préserver d'un désastre certain.

Dépitée par l'état de la chemise, elle branche de nouveau son fer et entreprend de consoler son fils.

— Baptiste, tu n'as toujours pas vu Jessica ?

— Non, maman. C'est bien le problème. On se marie demain, enfin normalement, et je n'ai pas réussi à avoir une vraie discussion avec elle.

— Tu lui as envoyé un texto pour lui dire que tu l'aimais ?

— Oui, plusieurs, même.

— Et elle a répondu ?

— Oui, elle m'a dit que ça lui faisait du bien de faire un point sur la situation, qu'on en ressortirait plus forts. Selon elle, j'ai raison : des choses n'allaient pas, et notre prise de bec a été un électrochoc qui lui a permis de se poser les bonnes questions. Elle dit qu'on doit prendre du temps pour mieux se retrouver.

— C'est très bon signe, mon cœur ! Tout ira bien.

— Maman, comment peux-tu dire ça ? Je suis censé me marier dans vingt-quatre heures, je n'ai pas vu ma femme depuis notre engueulade, et elle me dit que j'ai raison quand je pense qu'elle doute de notre relation. Tu trouves ça encourageant ?

— Et zut... Je n'arriverai jamais à avoir ce pli !

— Hein ?

— Pardon, mon cœur, j'étais distraite. Je veux que tout soit parfait pour demain. Je t'ai entendu, mais je connais Jessica, ce n'est pas ce qu'elle voulait dire. Tu aimerais que je l'appelle ?

— Non ! répondent Baptiste et Frédéric en même temps.

Liliane les ignore et continue de repasser tout en parlant :

— C'est une fille entière. Si elle voulait te quitter, elle l'aurait déjà fait et ne serait pas là aujourd'hui.

Baptiste est sceptique mais reconnaît que l'argument tient la route. Parler avec ses parents le rassure un peu et, de toute façon, il tourne comme un lion en cage dans sa chambre, donc autant rester ici.

— Je fais quoi, maintenant ? demande-t-il en s'adressant à son père.

Frédéric s'apprête à répondre, mais il est devancé par sa femme.

— Rien du tout ! Ne va pas tout gâcher ce soir. Voir sa femme la veille du mariage porte malheur, nous n'avons pas besoin de ça dans la famille.

— Pourquoi ?

— Rien, rien. Tu es le seul de vous quatre à être heureux, et je ne voudrais pas gâcher ça.

— Oui, enfin, si c'est moi qui sers de baromètre et qu'ils sont tous en dessous, on est un peu dans la merde.

— Mais non, chéri, et arrête de jurer ! Tu es inquiet, c'est normal. Demain sera le plus beau jour de ta vie, tu verras ! Allez, descends boire un verre avec ton frère, ça te changera les idées.

— Lequel ?

— Tom, voyons ! John doit être en train d'essayer de faire un bébé avec sa femme. C'est un joli couple, je suis rassurée que John ait trouvé quelqu'un. Bon, elle est un peu... nerveuse, mais c'est pas grave, nous devons l'accepter comme elle est. Ella est une fille bien.

— Certes..., marmonne Frédéric.

— Quoi, encore ?

— Non, rien. Mais je ne suis pas tout à fait d'accord, chérie.

— Ça m'aurait étonnée. Et à quel sujet ?

— Au sujet de Baptiste… Quand on veut quelque chose, on se bat pour l'avoir. L'histoire ne s'arrête pas là. Regarde ton frère, Tom, il était fou amoureux d'Aude, qui était la plus belle fille de sa promo. Il était persuadé qu'il ne l'aurait jamais, et pourtant, à force de gentillesse, de pitreries et de présence à ses côtés, elle a fini par s'intéresser à lui.

— Je te rappelle qu'ils ont divorcé ! s'indigne Liliane. Je ne comprends pas ton exemple.

Elle lui fait de gros yeux comme quand leurs enfants étaient petits et qu'ils ne comprenaient pas leurs sous-entendus.

— Tu vas le stresser encore plus…, chuchote Liliane de manière très peu discrète.

— Je sais, répond Frédéric sur le même ton pour singer sa femme.

— Euh, quelqu'un a remarqué que je suis encore là et que la chambre fait seulement dix mètres carrés ? demande Baptiste, désespéré.

— Ce que je veux dire, mon fils, c'est que se battre pour obtenir une chose ne suffit pas. Il faut savoir se battre pour la garder.

Baptiste regarde son père en souriant.

— Tu as peut-être raison, papa. Sûrement, même. Je devrais aller la voir.

— Je ne suis pas du tout d'accord, mais bon, si c'est une coalition d'hommes… Discute d'abord avec ton frère, demande-lui son avis.

— Lequel ? demandent le père et le fils en chœur.

— Oh, je ne sais pas, vous m'agacez, tous les deux ! Va voir Hélène, tiens. Une femme ira forcément dans mon sens, elle aura la même sensibilité. La laisser tranquille – ta femme, je veux dire – est la meilleure solution pour qu'elle ne se sente pas oppressée.

— Je ne vais pas relever le fait que je pouvais oppresser ma femme.

— Oh, tu sais, c'est comme ton père... Ce n'est pas votre faute.

Frédéric lève les yeux au ciel et fait un clin d'œil discret à son fils, qui se lève pour gagner la porte.

— Va la voir, Baptiste. Ne t'enferme pas dans les non-dits. Mieux vaut une bonne explication. Parfois, c'est compliqué, mais au moins, personne n'interprète mal. Il n'y a rien de pire que d'interpréter les silences.

— Merci, papa.

Baptiste sort. Frédéric referme la porte, le cœur serré, inquiet pour son fils.

— Oh, Frédéric, comment va-t-on faire ? questionne alors Liliane, la gorge nouée.

— Nous n'avons rien à faire. C'est à Baptiste d'arranger les choses. C'est son couple.

— Quoi ? Mais non, ça va aller, je ne m'inquiète pas pour eux. Je te parle de ta chemise ! C'est un désastre. Je n'arrive pas à rattraper ce pli !

Frédéric sourit, il sait que sa femme ne changera jamais. C'est de cette tête de linotte qu'il est tombé amoureux et ce, pour le meilleur et pour le pire. Liliane a tellement de qualités à ses yeux qu'il ne lui en veut pas pour son côté « à la ramasse ».

— Tu ne devais pas rejoindre Louise ce soir, chérie ?

— Moi ? Ce soir ?

Liliane est concentrée sur la chemise. Frédéric se demande s'il va rester du coton, si elle continue de la repasser aussi fort.

— Oui, pour le relooking. Hélène devait être de la partie aussi.

— Ah oui, ne t'inquiète pas, ce sera pour la veille du mariage. On avait dit qu'on se ferait un petit repas et que... Oh, mon Dieu !

— Eh oui...

Frédéric rit sous cape mais s'interroge quand même. Et si c'était un signe précurseur de la maladie d'Alzheimer ? Puis il se rappelle que sa femme a toujours été comme ça. Elle ne fait attention qu'aux choses qui l'intéressent et considère le reste comme des « détails ».

— On est la veille du mariage ! Quelle heure est-il ?

— Vingt heures. Rejoins-les en bas.

— Mais pourquoi ne m'ont-elles pas appelée ?

— Tu as activé la sonnerie de ton téléphone ?

Liliane se rue sur son sac à main et consulte son portable.

— Oh, mon Dieu. Dix appels en absence. Que vont-elles penser ?

— Que tu es tête en l'air. Mais ta fille te connaît. Elles doivent t'attendre, sinon Hélène serait déjà venue te chercher.

— Je file. Ça va aller ? Tu ne vas pas t'ennuyer tout seul ?

— Non, rassure-toi. Je vais descendre boire un verre au bar ou regarder un film à la télévision pour me détendre avant demain. La journée s'annonce bien remplie.

— Oui, je pense aussi. Finalement, je commence à m'inquiéter.

— Reste zen, ma chérie. Ça va te faire du bien de passer du temps avec elles, tu verras. S'inquiéter ne sert à rien, de toute façon.

— Mais il y a des décennies que je n'ai pas fait une soirée filles...

— Justement, c'est comme le vélo, ça ne s'oublie pas.

Il sourit, embrasse sa femme sur le front. Liliane est sereine quelques instants. Elle prend son sac à main et sort en le remerciant, sans omettre une dernière recommandation :

— Pense à laisser le placard ouvert pour que les chemises s'aèrent. L'air vicié a tendance à...

— À les froisser, oui.

Je ne sais pas d'où vient cette légende. Ma foi, si ça la rassure.

Son téléphone sonne à cet instant.

— C'est Bernard. Je suis avec Pierre au bar. Ça te dit de nous retrouver ? Nos femmes vont manger au restaurant et ont prévu une séance coiffure ou je ne sais quoi.

— J'aère le placard et j'arrive !

— Hein ?

— Laisse tomber. Commandez-moi une bière.

Frédéric sourit tout seul en ouvrant le battant en grand. Finalement, sa soirée ne sera peut-être pas si tranquille que ça.

Pendant ce temps...
Salle de réception.
Myriam, Mehdi, puis Tom et Aude.

— On fait quoi ? demande Mehdi en regardant autour de lui en mode conspirateur de film d'espionnage.

— Tu sais à qui tu me fais penser ? l'interroge Myriam.

— Non.

— À Schwarzenegger dans *Un flic à la maternelle*. Tu es aussi discret et prévisible que lui.

— Sérieux, tu connais ce film ? Dommage que tu n'aimes pas les hommes, car nous avons plein de points communs.

— Dommage, effectivement, mais c'est définitif, rétorque Myriam avec ironie. Pour répondre à ta question, on essaie de les réunir. On est les témoins, ou pas ?

Myriam a pris le ton du coach qui prépare son équipe avant le match.

— OK, je suis partant. Mais je rappelle qu'on est justement témoins, pas psychologues. On tente de trouver un plan pour qu'ils se retrouvent par accident dans la même pièce pour parler seuls. Ah, non, mieux, j'ai trouvé ! On les fait monter dans le même ascenseur et on se débrouille pour le stopper ! Ils seront obligés de parler, et personne ne les interrompra.

Myriam ne bouge pas, cligne des yeux, puis se rend compte que Mehdi ne plaisante pas et semble satisfait de lui.

— Je retire ce que j'ai dit : Schwarzy était plus crédible. On est témoins, pas psychologues, effectivement. Mais pas flics non plus, et encore moins techniciens ! Tu sais comment bloquer un ascenseur, toi ?

Aude arrive à ce moment-là, les faisant sursauter.

— Eh bien, on dirait deux cambrioleurs pris la main dans le sac. Qu'est-ce qu'il y a ? C'est quoi, cette « réunion d'urgence » dont tu parles dans ton message, Mimi ?

— Il s'agit de trouver une solution pour que Jessica et Baptiste se voient ce soir, qu'ils discutent et se réconcilient une bonne fois pour toutes afin qu'ils profitent pleinement de leur mariage, explique Mehdi.

— Et surtout, qu'ils finissent par se dire « oui » comme c'est prévu dans le texte ! souligne Myriam.

— C'est une bonne idée, je suis d'accord. J'y pensais, moi aussi, car je suis inquiète pour eux. Quel est le plan ? demande Aude en s'asseyant à une des tables rondes déjà dressées pour l'événement du lendemain.

Tom surgit, essoufflé et surpris de voir Aude. Il regarde Mehdi, affolé.

— Mehdi, c'est quoi ce délire ? Rien de grave ?

— Non, ne t'inquiète pas, Tom. C'est la réunion de crise des « témoins de l'année ».

— Tu te fous de moi ? Dans ton message tu as écrit : « Urgent, question de vie ou de mort. Je ne vais pas survivre. Salle de réception. » J'ai traversé l'hôtel en courant tout en essayant de t'appeler, mais impossible de te joindre, tu ne répondais pas.

— J'avais peur de rester seul avec les filles. C'était ça, l'urgence. Si tu n'arrivais pas au plus vite pour donner des conseils d'hommes, je craignais de me transformer en psychologue de bas étage.

Aude, qui se retenait de rire, pouffe. Tom lui fait les gros yeux, et Myriam, la tête penchée et la bouche légèrement ouverte, semble découvrir une nouvelle espèce qu'elle ne connaissait pas.

— C'est sûr, précise Aude, en cas de problème féminin, il faut appeler Tom à la rescousse !

— Bon, ça suffit, tous les deux, les coupe Myriam, qui a repris ses esprits. On n'a pas le temps pour les rancœurs personnelles. On est d'accord que la situation craint ? C'est de Jessica et Baptiste qu'il est question. Je vais faire simple : Jess dort chez moi depuis qu'ils se sont pris la tête et ne fait que pleurer. Elle est déboussolée et remet tout en question. Elle est là aujourd'hui car elle l'aime, mais elle est convaincue que quelque chose a changé entre eux et qu'il ne veut plus l'épouser.

— C'est ridicule, intervient Tom. Baptiste s'est installé chez moi, et il se mord les doigts depuis leur engueulade. Il veut l'épouser, mais pense qu'elle ne veut plus de lui.

— On a donc tous la même vision : ils s'aiment et doivent se marier ! Reste plus qu'à les faire s'expliquer, et tout ira bien. Pour ça j'ai une solution ! précise Mehdi en regardant Myriam en coin.

— Nous y voilà, Tom, dit Myriam en levant les yeux au ciel et en allant s'asseoir à côté d'Aude. Tu peux expliquer à ton copain Mehdi que les coincer dans un ascenseur n'arrive que dans les films, et que dans la réalité, c'est dangereux ?

— Pourquoi ? demande Mehdi.

— Parce que nous ne sommes pas techniciens, répond calmement Tom, et parce qu'on va faire plus simple. Perso, je ne suis pas pour me mêler de leurs histoires. J'aurais tendance à faire confiance à mon frère. Il doit justement parler ce soir à Jessica, il vient de me le dire.

— J'aime bien le coup de l'ascenseur, c'est romantique. Tant pis si vous ne validez pas l'idée.

— J'en viens à la deuxième raison : ils prennent l'escalier et n'ont aucune raison de monter dans l'ascenseur pour aller visiter les chambres des invités. Mais bon, c'est un détail.

— OK, si toi aussi tu confirmes que c'est un plan de merde, je me tais.

— Non, c'était sympa, Mehdi, dit Aude en souriant. Et je respecte le grand romantique qui sommeille en toi. Je ne te connaissais pas comme ça, je comprends pourquoi elles tombent toutes. Le hic, c'est qu'il faut toujours un ascenseur à proximité.

Les filles éclatent de rire, puis Mehdi et Tom se joignent à elles. Après quelques minutes, ils décident d'aller tout simplement trouver les fiancés pour leur dire de venir. Ils les mettront dans la même pièce et les laisseront discuter. Moins subtil, mais plus efficace.

Myriam envoie un message à Jessica, qui lui répond immédiatement qu'elle est au restaurant avec sa mère et sa belle-mère. Leur plan s'en trouve légèrement modifié, mais ils optent pour le remettre à plus tard. Mehdi et Myriam partent de leur côté, Aude et Tom ne bougent pas, se retrouvant seuls dans la salle.

— Où sont les enfants ? demande Aude.

— Avec ma tante Marie, en début de soirée. Là, ils doivent être avec Manue, qui est arrivée avec ses enfants.

— Bien. On économise des heures de catéchisme, ils devraient être au top quand on les récupérera tout à l'heure.

— Ah, ah.

Tom est conscient qu'elle a raison.

Elle s'apprête à sortir, mais il la retient par le bras.

— On n'a jamais parlé de ce qu'il s'est passé, Aude.

— Ce qu'il s'est passé ?

Elle fait semblant de ne pas comprendre. Il est sur le point de tout lui détailler quand il se rend compte qu'elle se moque de lui.

— Pourquoi tu ne décroches pas quand je t'appelle ? demande-t-il.

Elle prend une grande respiration avant de répondre :

— Tom, on a passé un an à discuter, s'expliquer, reprendre les choses et les décortiquer pour, au final, que ça finisse en prise de tête. Avant le divorce, on a passé un an à essayer de sauver notre couple, à analyser nos pensées et celles de l'autre. Je crois que, niveau discussion, on est bon, non ? La recette n'a pas fonctionné, donc, conclusion, c'est peut-être autre chose dont on a besoin.

Tom la regarde, perdu.

— Je suis fatiguée, Tom. Fatiguée de devoir tout analyser et justifier.

— Donc on a couché ensemble, mais ça s'arrête là ?

— Qu'est-ce que tu voudrais ?

— Je l'ignore, mais, a priori, pas la même chose que toi.

— Ça recommence...

— Je ne te comprends pas, Aude.

— Moi non plus, je ne te comprends pas et je ne ME comprends pas, en fait. Et alors ? A-t-on vraiment besoin de toujours tout comprendre ? Un peu de mystère et de folie, profiter de l'instant présent... Ça ne peut pas faire de mal, non ?

Tom la tire vers lui et l'embrasse. Aude est surprise mais se laisse faire. Il s'arrête et la regarde.

— OK, je vois. On n'est pas un couple mais un plan cul. Comme tout plan cul, ça reste secret, personne ne doit savoir, surtout pas les enfants. Par contre, j'ai le droit d'aller voir qui je veux quand je veux. Tu as ton acteur, j'ai le droit à une chanteuse ou à une danseuse. J'ai pas encore choisi l'artiste.

— Tom…

Aude lève les yeux au ciel, mais il l'interrompt en arborant son éternel sourire canaille qu'il dégaine facilement, ces temps-ci.

— Il n'y a pas de « mais ». C'est toi qui as raison. On continue, on avance et on apprend à se faire plaisir. Après tout, on s'est fait beaucoup de mal, ces dernières années. On verra bien où ça nous mène.

— Tu le penses vraiment ?

— J'ai déjà dit quelque chose que je ne pensais pas ?

Aude sourit et se rappelle ce qui l'avait séduite chez Tom, en plus de son sourire : son honnêteté. Même si ce n'est pas pour cette qualité qu'une fille se met en couple à 20 ans, c'est certainement celle pour laquelle elle reste plus tard. Le problème de leur couple réside plus dans la disparition de ce fameux sourire canaille, trop vite remplacé par celui du papa bienveillant.

Ne voulant pas lui faciliter la tâche ni lui donner l'impression que tout est acté, elle décide de chipoter un peu.

— Ce n'est pas très gentil pour les artistes, tu en fais une espèce à part.

— Au contraire, c'était un compliment. Je les trouve plus… sensibles. Peut-être est-ce ce dont nous avons besoin ?

— Peut-être…

Piquée bêtement de jalousie à l'idée de l'imaginer avec une danseuse ou une chanteuse – ou n'importe quelle autre femme –, elle préfère change de sujet et revenir sur leur accord.

— Alors, quelles sont les règles ?

Elle tourne sciemment autour de lui comme une chatte autour d'un bol de lait. Tom n'aurait pas été surpris de l'entendre ronronner. En passant dans son dos, elle lui caresse même les fesses, ce qui le fait sursauter. Aude n'ayant jamais habitué son ex-mari, durant leur vie commune, à autant de témérité, le cœur de Tom s'emballe.

Il sourit, lui retient la main, la porte à sa bouche et chuchote :

— Il n'y a pas de règles.

Alors qu'il s'approche d'elle, Aude pense qu'il va de nouveau l'embrasser. Pourtant, il lâche sa main, s'éloigne et, avant d'ouvrir la porte, se retourne.

— Je suis dans la chambre 106, si tu as froid cette nuit. Je n'aurai pas les enfants, ils dorment avec leurs cousins.

Aude rit.

— Mais ils n'ont pas de cousins !

— D'ici ce soir, j'en trouverai.

Puis il sort, laissant une Aude perdue, mais amusée, et légèrement émoustillée par son propre comportement intrépide.

Dans le couloir...

Tom, en se précipitant, se cogne contre l'épaule de John, qui arrive en sens inverse. Celui-ci, stoppé dans son élan, lui demande ce qu'il va faire.

— Je vais voir s'il reste une chambre de libre ! lance Tom tout en poursuivant son chemin et sans se retourner.

John ne comprend pas sa réponse mais ne réplique rien devant l'air déterminé de son frère. Un air qu'il connaît bien pour l'avoir déjà vu. Il ne préfère pas en savoir plus, il est bien trop occupé par ses propres problèmes. Depuis ce matin, il essaie de fuir Ella. Son stress a atteint un niveau épouvantable, il ne sait plus quoi faire pour la rassurer. Il tâche au quotidien de lui prouver son amour, mais être invitée à un mariage la stresse encore plus, sans qu'il sache pourquoi. Comme si le bonheur des uns ne pouvait que signifier le malheur des autres – le sien à elle en particulier. Si John était honnête, il remarquerait qu'Ella a bien des raisons d'être jalouse et de se sentir délaissée, vu ses petites escapades dans le lit de sa cousine. Pourtant, ça fait un bout de temps qu'il y a mis fin, et il se considère donc de bonne foi quand il promet à sa femme fidélité et loyauté.

Il a abandonné pour ce soir, il l'a laissée se coucher de bonne heure avec deux antidépresseurs, qui devraient la faire dormir comme un paresseux sous tranquillisants. L'addiction d'Ella aux médicaments est problématique pour John, mais il n'arrive pas à aborder le sujet avec elle. Il reconnaît que, au moins, ça lui donne un peu de répit après une semaine de reproches.

Il n'a toujours pas répondu à son envie pressante d'avoir un bébé, malgré les bonnes résolutions prises chez son frère, et il ne comprend pas lui-même d'où lui vient cette résistance. Certes, Ella est agaçante et encore une enfant, ce qui ne le sécurise pas, mais il se rend compte que le problème est plus profond. S'il est honnête envers lui-même, il ne veut pas devenir père. Du moins, pas tout de suite. Quand il voit ses neveux, Nina et Sacha, il les adore, mais ce qu'il aime, c'est le rôle du tonton et de pouvoir les « rendre » à leurs parents quand il veut souffler.

Il en est là de ses réflexions quand il croise Anna. Vêtue d'un jean et d'un pull qui lui arrive au nombril et qui dévoile son épaule, comme s'il n'était retenu que par sa poitrine, elle est plus désirable que jamais. John préfère ne pas y penser, lui sourit vaguement et continue son chemin en direction du bar en accélérant le pas.

Fin du repas et fin de soirée.
Au restaurant.
Louise, Jessica, Hélène, Liliane et Marie.

Après quelques bouteilles d'un bon vin rouge pour que tout le monde décompresse et puisse changer les idées de la mariée, la tablée est plutôt joyeuse, voire légèrement ivre. Pour Jessica, c'est un interlude bienvenu après cette semaine qu'elle considère comme la plus stressante de sa vie et en cette veille de journée qui devrait être la plus belle mais qui s'annonce lugubre.

Les mères des mariés s'entendent comme larrons en foire, ce que Jessica ne comprend pas, car elles n'avaient jamais semblé proches. Le comportement complètement désinvolte et insouciant de sa belle-mère l'inquiète.

— Liliane, vous êtes sûre que vous ne voulez pas aller retrouver Fred ?

La Liliane en question, qui a le hoquet, lui répond en riant :

— Mais non, voyons, hic ! Je te donne un billet qu'il est au bar avec Bernard et Pierre. Il a fait son malheureux quand je suis partie, mais je ne suis pas dupe, je sais qu'il a de la ressource ! Ça va lui faire du bien de s'amuser, hic. Oh, il m'énerve, ce hoquet ! Après, euh… je ne sais même plus combien d'années de mariage, hic – n'allez pas le lui dire, il le prendrait mal –, bref, après tout ce temps, c'est bien normal de se faire des soirées l'un sans l'autre une fois par an !

— Et puis, la soirée ne fait que commencer ! poursuit Louise. Direction ma chambre, on a promis un relooking à Liliane ! J'ai acheté un boucleur exprès pour l'occasion !

Hélène ressert du vin à chacune. Marie – celle qui a certainement le plus bu de toute la table mais qui semble mieux gérer que ses consœurs – la regarde avec un air suspicieux, puis lâche :

— Tu es enceinte !

La révélation fait l'effet d'une bombe. Hélène en perd la bouteille, qui lui échappe des mains et se déverse sur le pull de Jessica.

— Mince, pardon ! Mais non, tata, pourquoi tu dis ça, voyons ? Désolée, Jess, je vais nettoyer.

— Non, laisse. Avec ta serviette mouillée, ça va empirer. J'irai changer de pull après, ne t'inquiète pas.

Hélène compte s'en sortir par une pirouette, mais Marie et Liliane ne l'entendent pas de cette façon.

— Je le saurais, hic, si ma fille était enceinte ! Elle serait rayonnante et heureuse. Au contraire, hic, désolée, ma chérie, de dire ça, hic, mais je te trouve éteinte en ce moment. Tu as pris un peu de poids, tu sembles épuisée et tu, hic... Oh, mon Dieu ! Tu ressembles à ta tante Marie quand elle était enceinte d'Anna ! Oh, mon Dieu, tu es enceinte ! claironne Liliane, dont le hoquet vient définitivement de passer.

— Tu as raison, hurle-le un peu plus fort, maman ! Je pense que les clients au fond du restaurant et papa au bar de l'autre côté ne t'ont pas entendue...

— C'est pour ça que tu ne bois pas une goutte de vin depuis le début du repas ! intervient Jessica en souriant. Je me disais aussi... Je trouvais ça étrange.

— Oh oh... Tête triste, regard coupable, mine défaite... Il n'est pas au courant, c'est ça ? demande Louise.

— Eh bien, non.

— C'est qui, ce « il » ? s'enquiert Liliane qui, pour le coup, semble avoir franchement dessaoulé.

— Là n'est pas la question, précise Marie. Ma chérie, tu penses qu'il n'en voudra pas ?

— Évidemment, le père, ce n'est pas important pour toi ! rétorque Liliane, pour piquer sa sœur. Une Marie miraculeuse dans la famille, ça suffit, non ? Elle ne va peut-être pas s'y mettre aussi.

— Oh, ce que tu peux être vieux jeu ! s'énerve Marie. À notre époque, j'ai choqué, certes.

— Je ne suis pas « vieux jeu », mais pragmatique. Je ne pense pas que la nature ait beaucoup évolué sur le sujet : en général, il faut un homme ! Je suis désolée de dire tout haut ce que tout le monde pense tout bas. Je voudrais savoir de qui il s'agit, insiste Liliane en regardant sa fille.

— C'était le pasteur du village, tu es contente ?

Marie a parlé si fort que la table d'à côté se retourne. Gênés, les convives reprennent leur conversation comme si de rien n'était.

— Quoi ?

Liliane, toute blanche, semble à deux doigts de faire un malaise. Elle se retourne vers sa sœur.

— Mais...

N'obtenant pas de réponse, elle fixe son assiette sans comprendre. Marie profite de ce moment pour chuchoter à sa nièce :

— Tu as une porte de sortie, maintenant.

Hélène écarquille les yeux, puis comprend le sacrifice de sa tante. Elle lui murmure un « merci », puis annonce :

— Maman, tu le sauras bientôt, promis. Mais vous avez raison : c'est d'abord au père de l'apprendre, c'est la moindre des choses. Qu'il veuille du bébé ou non, c'est son problème. Pour moi, c'est simple : je suis enceinte, j'aime déjà cet enfant, et puis c'est tout.

Elle pose sa serviette sur la table et se lève. Jessica lui touche la main gentiment.

— Tu seras la meilleure des mamans, et moi, une super tata ! Bon courage, Hélène, je suis avec toi.

Cette dernière sourit et semble tout à coup rayonner. Comme si elle venait de prendre la décision la plus importante de sa vie. Justement, elle en a bien conscience : c'est certainement la décision la plus importante de toute sa vie. En fait, ce qui la consumait à petit feu était de ne pas savoir, d'être indécise. Maintenant, elle se dit que ça ne peut qu'aller. Qu'elle soit seule ou non, elle affrontera.

Louise la regarde et la couve d'un regard bienveillant.

— Il sera ravi, j'en suis certaine. Laisse-lui le temps de réaliser. Tu sais, parfois, les hommes ont juste besoin d'une claque pour sortir de l'adolescence... Ne le prends pas mal s'il met quelques minutes avant de réagir, je suis certaine que, ensuite, ce sera le plus heureux des hommes.

Hélène lui sourit, souhaite une bonne soirée à chacune, s'excuse de ne pas participer à la séance de relooking et explique qu'elle doit absolument faire la chose la plus urgente de sa vie.

— Jessica, je sais que tu as besoin de soutien en ce moment, mais il faut que tu parles à Baptiste. Après tout, on est dans le même bateau, toi et moi ! Une vraie discussion s'impose, et nous verrons ensuite ce qu'il en découle. Les Bilbonne sont peut-être coincés mais ils ne sont pas de mauvais bougres, ils savent écouter et changer d'avis.

— Je sais, et tu as parfaitement raison. Je vais suivre ton conseil. Et toi, fonce ! J'ai hâte de connaître la suite.

Hélène quitte le restaurant. Liliane, que tout le monde avait oubliée, reprend :

— Père Joseph, c'est lui ?

— Non, mais tu es idiote, ou quoi ? Il avait 70 ans !

— Qui, alors ? Oh, mon Dieu, je sais ! Le beau gosse qui était venu en stage. Celui sur qui toutes les filles craquaient. Comment s'appelait-il, déjà ? On allait toutes au catéchisme en avance pour avoir la chance de lui parler en tête à tête. On n'a jamais été aussi assidues. Mais il était si sérieux...

Marie rougit.

— Pas tant que ça, a priori, commente Louise en prenant une gorgée de vin.

— Père Sigismond, confirme Marie.

Louise manque de recracher son vin.

— Sigismond ? Il avait quel âge ?

— C'est vrai, il avait un nom de vieux pour un jeune de 25 ans, mais c'était bien son seul défaut, précise Liliane. Un blondinet aux yeux bleus, une gueule d'ange.

— Eh bien, ce n'en était pas un..., souffle Marie en levant les yeux au ciel et en remplissant son verre.

— Mais... tu... enfin, il le sait ?

Liliane marche sur des œufs, car elle sait bien que, pour la première fois en trente ans, sa sœur se confie sur le père d'Anna.

— Oui. Enfin, il l'a su. Plus tard. Quand elle avait 10 ans environ. Nous sommes convenus tous les deux que ça ne servait à rien de le lui dire et qu'il était trop tard pour qu'il intervienne dans son éducation. Ça aurait perturbé tout le monde. Rappelle-toi, il a quitté notre église au bout de quelques mois. Le père Joseph n'avait pas confiance en lui et avait compris, malgré sa froideur à l'égard des femmes, qu'il était différent avec moi et qu'il y avait quelque chose entre nous.

— Oh, le con ! crie Jessica.

— Non, reprend Marie. Le père Joseph était au contraire bienveillant. Il a parlé à Sigismond et lui a demandé s'il était sûr de son choix, car il pouvait encore changer de voie et se marier si c'était ce qui l'intéressait. Mais Sigismond avait eu une enfance difficile, plus que difficile même. Il était torturé, et seule sa vocation l'apaisait. Je ne pouvais pas lui demander ce sacrifice. Alors nous avons décidé de ne pas poursuivre. Le père Joseph l'a fait déplacer dans une commune lointaine afin de faciliter la rupture. J'ai su que j'étais enceinte le mois suivant. À l'époque, pas de téléphone portable ni Internet pour communiquer. J'ai choisi de garder le bébé. Je souffrais trop, j'avais besoin, égoïstement, d'avoir quelque chose pour moi. C'est cliché, je sais. Lui avait Dieu, et moi, je voulais mon mini-Dieu.

— Oh là là ! gémit Liliane, qui ne s'en remet pas. Pourquoi n'as-tu jamais rien dit ?

— Parce que, quand vous croyez qu'une blessure se referme, vous ne voulez plus l'évoquer de peur qu'elle s'ouvre de nouveau. Anna est au courant depuis quelques années et elle a compris. Ou, du moins, elle fait comme si. Nous ne parlons que très peu.

— Mais... ce côté secret, tu le tiens de ton père. Je dois tenir du mien pour cette partie...

Liliane semble perdue. Jessica lui sert du vin.

— Allez, Liliane, buvez un peu. La soirée va être longue.

— Et on a encore beaucoup de choses à faire, intervient Louise en se levant. Comme un mariage à organiser ! Je suggère qu'on aille dans ma chambre prendre le digestif et poursuive les hostilités.

— Mais...

Liliane avale docilement une gorgée. En elle, mille questions se bousculent.

— Une autre fois, Lili, lui dit sa sœur. Si tu le veux bien, je répondrai une autre fois à tes questions si j'y arrive. Là, ce n'est pas le moment.

— OK. Mais tu n'y échapperas pas ! Tu es peut-être ma demi-sœur, mais ma sœur complète dans l'âme. Je veux tout savoir ! Sigismond... Si j'avais su. Je n'ai rien vu du tout, c'est incroyable, alors que je suis l'aînée. Alors comme ça, c'est toi qui l'as eu ? De sainte-nitouche, tu passes à héroïne ! dit-elle en faisant un clin d'œil à sa sœur, ce qui les fait sourire toutes les deux.

Chambre 14, 1er étage.
Hélène frappe à la porte.

— Je suis content que tu sois là, lance Nathan en ouvrant la porte.

— Toi ? demande Hélène, surprise.

— Oui, moi. Pourquoi tu es surprise ?

— Parce que c'est moi qui t'ai envoyé un texto en disant qu'il fallait qu'on parle.

— Oui, mais j'avais aussi besoin de te voir.

— Besoin ou envie ?

— Quelle est la différence ? Entre, que je ferme cette porte.

— Tu as peur qu'on nous voie ensemble, c'est ça ? demande Hélène tristement.

Nathan lève la tête, surpris.

— Non, d'habitude c'est toi qui ne veux pas. Mais la veille du mariage de ma sœur et de ton frère, ce n'est peut-être pas le bon moment pour donner aux autres de fausses idées.

Hélène sent comme un pic se planter dans son cœur en entendant ces mots. Sa résolution de tout lui annoncer, dont elle était si fière quelques minutes plus tôt, commence à faiblir.

Elle entre dans la chambre et va s'asseoir sur le lit.

— C'est une proposition ? demande Nathan en souriant.

Toute à ses pensées, Hélène ne tilte pas, puis elle réalise ce qu'il sous-entend.

— Non, Nathan, tout n'est pas lié au sexe.

— Oh, ça va, je faisais un peu d'humour. Tu as l'air tellement sérieuse.

— Peut-être parce que tu ne me connais pas vraiment...

— Qu'est-ce que tu insinues ?

— Que coucher ensemble ne fait pas de nous un couple.

— Non, c'est sûr. Mais se prendre la tête, oui ? Ce n'est pas ma façon de voir les choses.

— Ce n'est pas la mienne non plus. Je te dis juste que...

— Qu'on n'est pas un couple, oui, j'ai capté. C'est ce que tu es venue m'expliquer ?

Nathan semble agacé par la conversation, dont la tournure échappe à Hélène, très peu rodée en la matière et échaudée par sa dernière relation, qui a mal tourné.

— Pourquoi tu es agressif ?

— Je ne suis pas agressif. Je ne comprends pas, c'est tout.

— Tu veux quoi, Nathan ?

— La même chose que toi, me semblait-il.

— Du sexe ? Sans conséquence ?

— Si c'est ce que tu souhaites.

Hélène se lève et marche jusqu'à la fenêtre. Nathan a une belle vue sur les montagnes quand sa chambre à elle donne sur le parking. Enneigé, donc certes agréable, mais le parking quand même. Jessica a certainement proposé les meilleures chambres aux membres de sa famille. Baptiste, lui, a dû laisser jouer le hasard.

Il fait nuit, Hélène ne voit que les réverbères en bord de piste, mais de jour, ce doit être spectaculaire. Elle le lui dit à voix haute. Quand elle se retourne, Nathan ouvre le minibar et prend une minuscule bouteille. Il lui en propose une, qu'elle refuse.

— Ah, oui, l'heure est grave si tu refuses de boire un verre. Tu es venue pour admirer la vue, ou on va vraiment parler ?

Hélène hésite. Sur le bout de sa langue, les mots « je suis enceinte » ne demandent qu'à sortir. Mais le mélodrame, ce n'est pas pour elle. Elle n'est pas lâche en temps normal, pourtant elle ne trouve rien de mieux que « je suis enceinte ». Ces termes tournent en boucle comme une mauvaise chanson qu'on a dans la tête et qui nous empêche de penser à autre chose. D'ailleurs, c'est peut-être la solution : penser à autre chose pour retrouver l'usage de la parole.

C'est la faute des hormones, si je me sens godiche et perds mes moyens ? Ça commence bien.

— Hélène ? Tu m'entends ?

— Hein ?

— Ça fait deux fois que je te pose une question. Tu sembles complètement perdue et épuisée. Ça va ?

Nathan semble sincèrement inquiet. Il vient s'asseoir à côté d'elle.

— Hélène ? Tu viens m'annoncer qu'on doit arrêter, c'est ça ?

— Quoi ? C'est ce que tu veux ?

— Comment ça ? Ne me retourne pas la question. C'est toi qui as lâché l'éternel et indémodable « il faut qu'on parle » en premier.

— Donc tu tires un trait sur sept mois de relation. J'ai encore tout gâché, c'est ça ?

— Mais qu'est-ce que tu racontes ? Tu n'as rien gâché. On a passé de bons moments ensemble, non ? Je t'avoue que je n'avais pas prévu d'y mettre fin, mais si c'est ton choix...

Le déclic se fait dans la tête d'Hélène, et le rituel de la chanson maudite « Je suis enceinte » se met en sourdine quelques secondes, remplacée par une nouvelle : « Je n'avais pas prévu d'y mettre fin ». Il serait temps qu'elle reconnecte les quelques neurones qu'il lui reste, pas encore cramés par la fatigue, et qu'elle approfondisse la discussion avec Nathan.

— Après sept mois de relation, tu veux continuer comme ça ? C'est le côté « interdit » qui t'excite ?

Elle revient s'installer sur le lit.

— Je n'y avais jamais réfléchi, mais à vrai dire, non. C'est toi qui m'excites, murmure-t-il en lui caressant le visage.

— Alors qu'est-ce qu'on fait ?

— On est obligés de répondre maintenant ?

Il s'approche et l'embrasse doucement sur les lèvres. Elle est tentée de se laisser faire, car elle a toujours aimé ses baisers.

En quelques instants, comme dans un flash-back, tout lui revient en tête.

Elle revit cette fameuse nuit chez Jessica et Baptiste, quand Nathan et elle avaient trop bu et qu'il l'avait embrassée sans réfléchir après l'avoir raccompagnée chez elle à pied. Une nuit magique dans son souvenir. Elle avait été surprise de son geste, avait souri et l'avait embrassé en retour. Puis ils étaient montés tous les deux, s'étaient enlacés comme des gamins insouciants et avaient fini dans le lit, sans réfléchir à leurs actes.

Le lendemain, d'un accord tacite, sans en parler mais en se comprenant, Nathan était rentré chez lui, et ils n'en avaient plus reparlé. Ils s'étaient revus le week-end suivant et s'étaient fait la bise, comme le beau-frère et la belle-sœur qu'ils étaient. Mais quelque chose avait changé. Les deux le savaient sans se l'avouer. Personne d'autre ne s'en était rendu compte.

Hélène chérissait ce moment comme un jardin secret, une bulle de bien-être à laquelle elle repensait les jours de grisaille. Nathan était souriant. Pas de prise de tête, pas besoin de cogiter. Chaque fois qu'ils se croisaient, il lui faisait la bise en s'attardant légèrement sur ses joues, juste à côté de sa bouche. Seuls elle et lui ressentaient ce frisson, partageaient cet instant. Leurs regards se croisaient, il lui touchait la main par « accident » et la danse éternelle de deux personnes qui se séduisent et se font la cour s'était mise en place, sans qu'aucun des deux le reconnaisse.

Puis, quelque temps plus tard, à une autre soirée, il l'avait de nouveau raccompagnée. Il n'en fallait pas plus pour qu'un rituel se mette en place. Le fait de ne l'avoir dit à personne y était pour beaucoup. Ça évitait d'avoir à se poser des questions qui chasseraient la magie. Ensuite, avec l'organisation du mariage, il n'était pas question de tirer la couverture à eux. S'ils devaient en parler autour d'eux, ce serait après le voyage de noces des tourtereaux. C'est ce qu'ils se disaient chacun intérieurement pour se rassurer.

Nathan aussi était en train de faire défiler toute leur histoire dans sa tête. Comme un livre que l'on a fini de lire et dont on se remémore les meilleurs passages. Mais au fond de lui, une voix résonnait, lui indiquant qu'il n'était pas prêt. Pas prêt pour y mettre fin. Le message reçu plus tôt, dans lequel Hélène lui disait qu'elle voulait « parler », lui avait étrangement retourné l'estomac. Il s'attendait à une rupture. Mais en était-ce vraiment une quand on n'était pas en couple ? Il s'était rendu compte qu'il appréhendait ce moment, car cette séparation, il ne la voulait pas. Désormais, à l'avoir auprès de lui dans cette chambre avec vue sur la montagne, qu'il avait expressément demandée en espérant qu'elle y dormirait à ses côtés, elle qui aimait tellement la neige, il aurait voulu la garder toute la nuit.

Hélène finit par rétorquer :

— En fait, oui.

— Oui, quoi ? Je suis désolé, j'étais dans mes pensées, j'ai perdu le fil.

— Oui, Nathan, on doit répondre maintenant. Que voulons-nous pour la suite ?

Avant de lui annoncer la nouvelle, elle doit obtenir sa réponse. Ensuite, elle acceptera. S'il ne veut pas d'elle, ça lui fera mal – en fait, ça la brisera –, mais ça ne signifiera pas qu'il ne veut pas de l'enfant. Une chose après l'autre.

— La suite... je...

Il n'ose pas s'engager, ni faire le premier pas. Alors qu'il hésite, Hélène se lève du lit, ce qu'il interprète comme un rejet. Le fait qu'elle puisse quitter sa chambre signifie pour lui qu'il la laisse sortir de sa vie. Et ça, c'est hors de question.

Paniqué, il ajoute :

— Mais c'est avec toi que je la veux, cette suite !

Hélène, qui avait perdu tout espoir, se retourne. Il lui prend la main pour qu'elle se rasseye sur le lit à côté de lui.

— Écoute, ça me gonfle. Je sais que tu crains l'échec depuis ta relation avec le connard d'avant. Tu es indépendante, et je te respecte pour ça, c'est ce que j'aime chez toi. Bref, je ne voulais pas te brusquer. Si ça ne tenait qu'à moi et si ça pouvait te permettre de passer le week-end avec moi dans cette chambre, je le crierais sur tous les toits ! Mais bon, on n'a pas le droit, ce week-end. L'organisation du mariage est suffisamment compliquée, et avec la tournure que ça prend, c'est pas le moment de faire étalage de notre bonheur. Enfin, si bonheur il y a, car je suis certainement le seul à penser ça. Mais voilà, avant que tu arrêtes tout, je voulais te le dire. Tant pis si je te fais peur.

— Tu plaisantes ?

Hélène retient son souffle et le regarde en souriant. Elle décide, elle aussi, de se laisser faire, de lui avouer ce qu'elle ressent et de voir les conséquences plus tard.

— Tu es un électron libre, tu n'as jamais voulu te mettre en couple, tu aimes ta liberté, tu n'as jamais présenté personne à ta famille. Mais je ne me suis jamais sentie aussi bien qu'avec toi. Le « connard d'avant », comme tu l'appelles, ne t'arrive pas à la cheville, et j'ai même zappé son prénom depuis que je suis avec toi. J'attendais désespérément que tu m'appelles ou que tu me raccompagnes, j'ai la chair de poule quand je te croise et je fais peut-être la plus grande connerie de ma vie en te disant tout ça, mais les secrets, c'est pas pour moi. Je rêve de vivre une relation au grand jour, je m'en fous des commentaires des gens et de l'effet que notre histoire aura si elle est révélée et je...

Nathan l'arrête en l'embrassant. Puis, il se recule légèrement pour mieux la regarder.

— Je t'aime.

Hélène ouvre grand les yeux et oublie de cligner des paupières – elle expliquera plus tard, en racontant la scène à sa meilleure amie, que c'est la raison pour laquelle ses larmes ont commencé à couler.

— Moi aussi, Nathan...

Il l'embrasse de nouveau en souriant comme un enfant le matin de Noël devant son premier cadeau.

— J'ai préféré t'embrasser avant que tu dises « mais ».

— Pourtant, il y a un « mais ».

— Aïe, mince. Pourquoi rien n'est simple avec toi ? questionne-t-il en riant. On vient de s'avouer quelque chose d'important et d'essentiel, on ne peut pas en rester là pour l'instant ?

Hélène aimerait bien profiter de ce moment encore quelques minutes, voire quelques heures, avant de lui confier la suite. Cependant, dans son ventre, l'architecte chargé de préparer le loft pour le fœtus n'a pas dû supporter la dose d'émotions fortes. Et ledit fœtus, nourri en intraveineuse, a certainement une énorme nausée. Il tire la sonnette d'alarme, l'estomac d'Hélène en est complètement retourné. Ces derniers temps, c'est de plus en plus fréquent, et tout ce qu'elle vient de vivre l'a chamboulée. Ou alors le fœtus ne digère pas la bouteille d'un litre et demi d'eau pétillante qu'elle a descendue à table pour détourner son attention du vin… Quoi qu'il en soit, elle n'a pas le temps de se lever que son ventre se contracte violemment. Elle saisit la poubelle sous le bureau et régurgite tout son repas.

— Oh, merde ! dit Nathan en riant à moitié.

Il se lève pour aérer la chambre.

— Ça va ? Je savais que tu aurais du mal à l'annonce de tes sentiments, mais de là à vomir dès que je te dis je t'aime…

Hélène saisit un mouchoir et rit doucement, puis un fou rire incontrôlé la prend. Nathan l'imite sans trop comprendre. Elle part se rincer la bouche dans la salle de bains, et quand elle revient dans la chambre, la réalité reprend le dessus.

— Nathan, c'est pas pour ça que je vomis.

— Tu me rassures. Ou pas. Tu es malade ?

Son stress fait plaisir à Hélène. Il semble vraiment affecté. Elle ne savait plus comment annoncer la nouvelle.

— Hélène, tu veux me dire quelque chose ? Tu m'inquiètes, qu'est-ce que tu as ? Tu peux tout me dire. Tu es souffrante ? Pourquoi tu pleures ? Hélène, on traversera tout ensemble, dis-moi, je t'en supplie. Je peux tout entendre. Je ne supporte pas d'imaginer le pire.

Les mots qu'elle a répétés en boucle dans sa tête sortent enfin, sans qu'elle s'en rende compte :

— Je suis enceinte.

Elle ignore ce qu'il se passe dans l'esprit de Nathan. « Laisse-lui le temps. » Les mots de Louise, prononcés au repas, lui reviennent en tête. Elle ne sait pas à qui ils étaient adressés, mais Hélène suspecte sa maligne de belle-mère d'être au courant. En tout cas, ils tombent à pic.

— Nathan, je suis désolée. Je me doute que ce n'est pas ce que tu avais prévu, pas si tôt. Je le sais depuis peu, je ne comprenais pas pourquoi je me sentais si fatiguée et malade sans raison. Je suis allée voir mon médecin, qui m'a sorti la chose la plus incroyable de toute ma vie : que j'étais enceinte ! Je vais te laisser le temps d'assimiler ces informations, je reviendrai dès que tu auras des questions. Ce qui ne devrait pas tarder...

Elle fait mine de partir quand Nathan lui dit :

— En fait, c'est moi qui aurais bien besoin de la poubelle.

— Ah bon ? Si ça te fait vomir...

En voulant faire de l'humour, Nathan a fait une boulette. D'habitude, les blagues le sauvent toujours, mais depuis qu'il est avec Hélène, c'est comme si ses anciennes recettes ne fonctionnaient plus.

— C'est le choc. Pas ce que tu dis, mais l'annonce... Oh, laisse tomber, je suis le dernier des cons. Mais comment ?

— Si tu veux savoir comment c'est arrivé, je peux te décrire la scène, car je crois avoir identifié le jour J. Mais je suppose que tu ne veux pas te remémorer la position ?

Il la regarde bêtement.

— OK, moi aussi, Nathan j'essaie de faire de l'humour. Mais on va arrêter, ça ne nous réussit pas. Assieds-toi, tu es blanc comme un linge.

Il obéit, puis réalise combien il est vraiment stupide.

— Comment tu vas ? Tu viens de vomir, quand même !

— Oh, merci, mais ça va mieux. Une fois que j'ai vomi, ça passe comme par magie. C'est gentil de t'en soucier... Enfin, pour en revenir au sujet, je prends la pilule. Mais j'ai eu un souci avec la dernière – je t'épargne les détails –, donc j'en ai changé. La nouvelle est moins dosée, et...

— Attends, attends, c'est un bébé pilule ?

— Oui.

— Mais il va bien ?

— Ou... oui.

— Tu as hésité ! Tu en es sûre ?

— Oui, tous les tests ont été faits. « Aucun risque », m'a dit le gynéco que j'ai vu. Tout sera confirmé à la première échographie... Oh, Nathan, je suis désolée de t'imposer ça. Je sais que tu vas avoir besoin de réfléchir, mais je ne compte pas stopper cette grossesse. Déjà parce qu'elle est bien avancée, et puis...

Elle n'ose pas ajouter « parce que je t'aime ». Elle le regarde longuement. Après quelques secondes de silence, Nathan reprend la parole :

— Tu savais que je serais le meilleur des oncles si j'avais des neveux et nièces ?

— Oui, répond Hélène en souriant mais sans savoir où il veut en venir.

— C'est en tout cas ce que m'ont dit Nina et Sacha ! Bon, ça doit avoir un lien avec les bonbons que je leur ai filés en cachette au repas d'anniversaire de Baptiste. Ça signifie que, hypothétiquement, je suis un bon oncle.

— Oui, continue Hélène, amusée mais perdue.

— Donc, hypothétiquement, ça signifie aussi que je serai un bon père.

— Oui.

— En fait, non. J'ai toujours fait et obtenu ce que je voulais grâce à mon charme. Mais si j'ai décidé d'être le meilleur des pères, je mettrai tout en œuvre pour le devenir !

Il sourit, et Hélène sent les larmes couler sur ses joues. Il s'approche pour l'embrasser, mais elle met la main sur sa bouche.

— Je vais d'abord aller me laver les dents !

— À une condition ! lance-t-il, sérieux.

— Laquelle ?

— Que tu ne quittes plus cette chambre ! J'ai trois mille questions à te poser, et je peux te dire que tu vas devoir répondre à toutes. Je veux connaître le nom du gynécologue, voir ses diplômes, savoir s'il a des enfants, quels sont tes bilans sanguins. Tu sais quoi ? Va prendre un bain et te détendre pendant que je note toutes mes questions sur un calepin. Ça te va ?

Hélène rit à travers ses larmes.

— Oui. Mais tu es sûr de toi ? Je sais que c'est un peu tôt, mais...

— Tout ce que je sais, c'est qu'on est deux, enfin deux et demi, dans cette pièce, que j'ai le week-end à passer avec toi, que je ne compte pas te quitter d'une semelle et qu'on va prendre le temps de bien réfléchir et tout gérer. Tu croyais être la seule personne organisée dans ce couple ? Eh bien, non, madame ! Voici le Nathan 2.0, et je vais te surprendre !

— Certes, mon chéri, mais tu oublies qu'on ne pourra pas rester enfermés ici tout le week-end.

— Et pourquoi donc ? Il suffit que j'aille chercher ta valise, et hop !

— Parce que, toujours hypothétiquement, on a un mariage demain.

— Merde, je l'avais oublié, celui-là.

Hélène rit franchement.

— Je te propose, monsieur l'homme le plus organisé du monde, que j'aille me doucher pendant que tu récupères mes affaires dans ma chambre, ensuite on se pose et je réponds à tes questions.

— À une condition !

— Ça recommence. C'est la deuxième. Laquelle ? demande Hélène en se levant pour aller dans la salle de bains.

— Que tu continues de m'appeler « chéri ». J'aime bien ça...

Minuit.
Dans le couloir.
Jessica.

Jessica a passé un bon bout de temps sur la terrasse, au frais, pour essayer de décuver. Maintenant, il est temps qu'elle aille retrouver Baptiste pour qu'ils aient une vraie conversation.

Elle s'arrête dans la chambre de ses parents, qu'elle occupe ce soir comme prévu avant de retrouver demain celle de son mari pour sa nuit de noces. Depuis ce matin, un étrange pressentiment l'assaille. Baptiste lui a confié par SMS que rien n'avait changé pour lui, cependant ses réponses sont trop succinctes. Il a essayé de la joindre à plusieurs reprises, mais chaque fois, elle a rejeté l'appel. À présent, elle regrette de ne pas avoir eu une vraie discussion face à face. Certes, elle attendait le bon moment, mais le bon moment, c'est quoi ? C'est attendre minuit ? Ridicule !

Alors que les effets de l'alcool se sont légèrement dissipés avec les températures glaciales, elle se trouve stupide. Pourquoi tout lui paraît si différent ? Pourquoi retarder cet échange ? Tout, autour d'elle, lui semble étrange. À commencer par sa mère, habituellement source de calme et d'inspiration dans les décisions à prendre. Jessica la trouve mutique depuis le début de la semaine. Elle ne lui a pas donné un seul bon conseil, comme elle sait pourtant en donner à ses enfants depuis qu'ils sont petits.

« Je ne suis pas toi, mais à ta place... » Où sont passées ses sempiternelles remontrances ? Pourquoi semble-t-elle n'avoir aucun avis sur ce qui se passe ? Elle est aux abonnés absents.

Jessica devrait en discuter avec Nathan. D'ailleurs, celui-là, parlons-en : où est-il, ces derniers temps ? Toujours en déplacement, en vadrouille, jamais chez lui quand elle voudrait s'épancher sur une épaule bienveillante. Et son père, si tendre et attentionné, pourquoi ne prend-il pas plus de temps pour sa « princesse chérie », pour la faire sourire dans les moments difficiles ? Il a sans cesse l'air préoccupé. Même Pierre, son oncle de cœur, ne semble pas disponible comme il l'était avant.

Quelque chose ne tourne pas rond, et j'ai été tellement préoccupée par l'organisation de ce mariage que je ne m'en suis pas rendu compte. Il fallait que ce soir, à minuit pile, mon mariage soit sur le point de capoter pour que je me pose et m'en aperçoive. Ou alors, je suis parano...

Perdue dans ses pensées, marchant d'un pas ferme, Jessica prend le virage du couloir et fonce tête baissée dans Maëlys, qui arrive en face. Elle est surprise, elle a oublié que cette dernière était invitée en tant que petite amie de Fabrice. Elle lève les yeux au ciel, cachant à peine son antipathie.

— Maëlys, bonjour.

— Jess ! Ben, dis donc, pour une future mariée, tu as une tête de déterrée. Va te coucher, sinon demain, tu ressembleras à un panda.

— Merci, toujours aussi agréable.

Maëlys sourit et prend sa voix la plus perfide possible, comme si elle s'était entraînée pendant des heures devant un miroir en regardant les méchants des films Disney.

— Non, mais c'est pour toi que je dis ça. Et puis, tu sais, au fond, je tiens à toi. C'est vrai, enfin, c'est surtout à ton mariage que je tiens. Si tu te maries, tu ne tourneras pas autour de mon homme, non ? Tu seras enfin casée.

Jessica reste sans voix et comprend que Maëlys fait allusion à sa discussion au café avec Fabrice. Ce jour-là, il lui a avoué que sa relation avec Maëlys n'était pas au beau fixe. Cette dernière devait savoir qu'il rejoignait Jessica.

— De quoi tu parles ? Il me semble que c'est toi qui as toujours tourné autour de Fabrice. Je te rappelle que c'est mon ex, alors ce qu'il fait et avec qui m'importe peu. Maintenant, si tu n'as pas assez confiance en toi pour voir le mal partout, ce n'est pas mon problème.

Demain, je me marie avec Baptiste, donc ton couple, c'est le cadet de mes soucis.

Maëlys semble piquée, son teint devient blême, puis rapidement cramoisi. La colère prend le dessus. Elle s'approche de Jessica, menaçante, en la pointant du doigt.

— Écoute-moi bien : je n'ai aucune galère de couple, moi. Ce n'est pas mon futur mari qui est en train de se bourrer la gueule au bar en geignant que sa femme refuse de lui parler. Si tu ne veux pas que ça se sache, tu ferais mieux de le ramener dans votre chambre, car il est avec ses frères, et il n'y en a pas un pour rattraper l'autre. Fabrice et toi avez peut-être été ensemble un jour – elle se met à ricaner, rappelant à Jessica une méchante de Disney –, mais quand je l'entends parler de toi, je réalise que l'expression « la première crêpe est toujours ratée » prend tout son sens. Ma pauvre, si tu savais...

Jessica prend une grande inspiration pour ne pas gifler la pimbêche et essaie de se rassurer en se disant qu'elle a plus important à gérer.

— Maëlys, dit-elle le plus calmement possible, je ne vais pas te retarder plus longtemps. Crois ce que tu veux, si ça te chante. Ce que fait Fabrice n'est plus du tout important pour moi. Que tu le veuilles ou non, il est proche de ma famille par son amitié avec mon frère, et je le connais depuis que je suis toute petite. Donc je continuerai de le voir. Il a été invité au mariage du fait des liens qu'il entretient avec ma famille et surtout avec mes parents. Par défaut, tu t'es retrouvée invitée aussi. Mais je comprendrais que tu aies mieux à faire demain, donc ne te force pas. Je vais te laisser gentiment regagner ta chambre et ton petit copain et faire ce que tu veux pour te convaincre qu'il est mieux avec toi. Comme je te l'ai déjà dit, c'est le cadet de mes soucis.

Jessica s'apprête à poursuivre son chemin, la colère lui faisant tourner la tête, mais, mue par un instinct féminin de défense incontrôlable, elle se retourne, en mode Columbo, et ajoute :

— Pour reprendre l'image de la crêpe, ça doit faire bizarre de manger du prémâché, non ? Quoi que tu fasses avec lui, je l'aurai déjà fait avant. Je ne sais pas si j'aimerais être toujours la seconde... Bonne nuit, Maëlys.

Satisfaite de sa repartie, Jessica avance d'un pas alerte et fait claquer ses chaussures, entendant à peine le juron vulgaire émis à son attention.

Au moins, maintenant, elle sait où aller : au bar de l'hôtel.

Quand elle y arrive, elle aperçoit John et Tom, mais pas de trace de Baptiste. Elle ne se sent pas d'aller rejoindre le « camp Bilbonne » pour demander où se trouve le frère qu'elle fait souffrir depuis une semaine. Elle repart, légèrement déboussolée, quand elle reçoit un message sur son téléphone. Fabrice.

`Il faut qu'on parle. Dispo ? Rejoins-moi dans la bibliothèque.`

Ce qu'ils appellent « bibliothèque » est un coin au premier étage avec un canapé Chesterfield, une cheminée et quelques livres qui donnent un petit côté cosy à tout hôtel haut de gamme qui se respecte dans une station de ski. L'endroit étant dans un renfoncement, on peut y parler tranquillement, sans y être vu.

Pendant ce temps.
Au bar.
John, Tom, Baptiste et Nathan.

— Ah, ça va mieux, dit Baptiste en revenant des toilettes.

— Tu m'étonnes, avec tout ce que tu as bu, il était temps d'y aller, rétorque John en riant.

— Si j'y vais régulièrement, ça m'évite d'être bourré trop vite, tu crois ? demande Baptiste, qui semble passablement éméché.

— Je ne suis pas sûr que ça marche, mais c'est une théorie, commente Tom. Les gars, on devrait peut-être lever le pied et aller se coucher si on veut que Baptiste soit en forme demain.

— Maintenant ? Alors que j'arrive pour payer ma tournée ? s'indigne Nathan en tapant dans le dos de Baptiste.

— Nathan, qu'est-ce que tu fous là ?

— J'ai besoin de boire un verre. J'ai des choses à fêter.

— Alors, avec plaisir. Après tout, je ne sais pas si je vais me marier et j'ai la tête qui va exploser à force d'y penser, donc autant boire pour oublier, non ?

— Ah, j'en conclus que tu n'as toujours pas réussi à t'expliquer avec ma sœur.

— Yep. Elle ne répond pas au téléphone depuis ce matin, on communique juste par message. Je voulais la voir pour parler face à face, mais depuis qu'elle a dîné au restaurant avec nos mères respectives, impossible de lui mettre le grappin dessus. On dirait une des pièces de théâtre que j'affectionne : quand j'arrive d'un côté, elle sort de l'autre. J'en conclus tristement qu'elle me fuit. Même Myriam, sa témoin, ne sait pas où elle est.

— Aude non plus, poursuit Tom.

— Bon, alors tu as raison, un verre de plus ne te fera pas de mal, conclut Nathan. Pareil pour tout le monde, dit-il en s'adressant au barman déprimé, qui espérait pouvoir fermer le bar, car il sera de service au mariage.

— Où est Mehdi ? demande Nathan.

— Il vient de partir se coucher à l'instant. Il ne boit pas d'alcool et il était épuisé. En fait, je le soupçonne d'avoir fait les yeux doux à l'hôtesse d'accueil.

— Au moins l'un de nous s'amusera, assène John en finissant son verre cul sec.

— Bon, messieurs, c'est pas que je vous aime pas, mais je vais monter dormir également, dit Tom en refusant le verre que le barman lui tend.

— Tu déconnes ? le stoppe Baptiste. Tu ne peux pas faire ça ! C'est une réunion de crise Bilbonne avec Nathan en prime. Tu ne peux pas nous quitter comme ça. J'ai besoin de toi. Où est Hélène, d'ailleurs ? J'aurais bien aimé que la fratrie soit réunie. C'est rare qu'on soit tous ensemble, et elle n'aurait pas refusé un peu d'alcool. Je vais l'appeler.

Sortant maladroitement son portable de sa poche, Baptiste se voit coupé dans son élan par Nathan, qui lui retient la main doucement.

— Hélène dort, elle est fatiguée.

— Tu es sûr ? Hélène, fatiguée ?

— Oui, j'en suis certain... Mets-moi ce tel en silencieux, bois un verre et profite.

— Mais...

— Je viens de la mettre au lit. Elle va bien, je l'ai bordée, embrassée et je lui ai souhaité une bonne nuit, continue Nathan en vidant son verre et en faisant signe au serveur qu'il reprendra le même.

Les autres ne disent rien, mais trois paires d'yeux se braquent sur lui.

— Bon, je ne vais peut-être pas monter dans ma chambre tout de suite, finalement, dit Tom. Barman, je vais le prendre ce verre, merci à vous !

— Tu te tapes ma sœur ? demande Baptiste, la bouche grande ouverte.

— Tu es mal placé pour dire ça, non ? répond Nathan en souriant.

Les quatre compères partent dans une grande crise de fou rire et font de nouveau signe au barman, qui se décide, résigné, à envoyer un message à sa femme : elle peut enclencher l'alarme en allant au lit, car il n'est pas près de rentrer.

Quatre heures du matin.
Dans l'hôtel.

Louise a du mal à dormir. Sa fille Jessica, pour qui le lendemain devrait être le meilleur jour de sa vie, a passé la fin de soirée à pleurer dans leur chambre. Elle est ensuite partie rejoindre son ex-copain pour s'expliquer, puis, sur les conseils de Louise, elle est allée retrouver Baptiste. Bernard a tourné toute la soirée comme un lion en gage, prêt à aller chercher son gendre pour le ramener par le cou auprès de sa fille afin qu'ils aient une conversation. Mais le fameux Baptiste était introuvable et n'a pas répondu au téléphone.

Après un relooking très drôle de Liliane et la découverte choquante sur le comportement de sa sœur, qui a couché avec le curé du village trente ans plus tôt, Louise a consolé sa fille, qui pleurait toutes les larmes de son corps, et a contenu la colère de son mari enragé.

Résultat : il est quatre heures du matin, elle ne dort pas, et la migraine du début de soirée s'est transformée en une tempête sous son crâne, qu'elle n'arrive plus à canaliser. Ayant apporté toute une pharmacie mais pas le médicament approprié, elle décide de descendre à la réception, où ils lui ont assuré qu'il y avait toujours quelqu'un, afin de demander un Doliprane ou un équivalent.

Dans le couloir, en robe de chambre, Louise longe les murs, préférant ainsi être certaine de ne croiser personne. Quand elle arrive devant l'ascenseur, les portes s'ouvrent. Elle se cache précipitamment sur le côté en entendant Tom et John chuchoter. Enfin, « chuchoter » comme peuvent le faire deux hommes complètement cuits, qui pensent être discrets et ne pas faire de bruit alors qu'ils parlent aussi fort que dans un hygiaphone.

— Nathan avec Hélène ! Tu y crois, toi ? demande l'un d'eux, qu'elle identifie comme étant John.

— Je suis aussi surpris que toi. Décidément, les familles Bilbonne et Larcant sont vouées à fusionner.

— Oui, parce que vu la tournure que ça prend, c'est pas certain que ça arrivera grâce à Jessica et Baptiste…

— C'est bien dommage. Baptiste est triste comme un joint sans briquet. Je ne l'ai jamais vu aussi malheureux.

— Elle est stupide, ton expression !

— Oui, mais j'ai trouvé que ça. Je te ferai remarquer que je suis aussi bourré que toi. J'ai déjà beaucoup de mal à parler, alors ne me demande pas de réfléchir.

— Eh bien, moi, j'ai réfléchi. Après tout ce que vous m'avez dit ce soir, vous avez raison : je vais parler au père.

— Alléluia !

Louise n'entend pas la suite, car il semble que le premier des frères soit arrivé devant sa chambre et ait réussi, de manière surprenante, à l'ouvrir.

— Bonne nuit, John, et ne va pas rejoindre Anna ce soir !

— C'est fini. On a clos l'histoire ce soir, avant que je vous rejoigne au bar. Je ne pense pas qu'Ella s'en soit rendu compte, elle dormait quand je suis parti. Mais au moins, cette fois, c'est sûr, c'est fini avec Anna.

Avant que la porte se referme, Louise entend :

— Oh, chérie, tu ne dors pas ?

Elle sourit, se disant que quelques pièces du puzzle se mettent en place. Décidément, ses talents de détective ne se sont pas émoussés avec l'âge. Son fils Nathan est bel et bien avec Hélène, et c'est de lui qu'elle est enceinte. Elle ressent une bouffée de chaleur au fond d'elle. Si tout va bien, si elle tient, elle aura la chance de voir la bouille de son petit-enfant avant de partir. Et ça, c'est bien plus qu'elle ne pouvait espérer.

Une heure plus tard.
Baptiste monte se coucher.

Baptiste a du mal à monter l'escalier, mais il le trouve préférable à un ascenseur dans lequel il a une peur bleue de dégobiller.

Il met ce qu'il considère comme une éternité à essayer d'ouvrir cette saleté de porte à carte magnétique. Un coup cette dernière est à l'envers, un coup elle n'est pas du bon côté, un coup il la passe trop vite car la lumière rouge s'allume en sonnant malgré les suppliques de Baptiste pour que ça fasse moins de bruit. Finalement, alors qu'il est à deux doigts d'abandonner et de descendre à l'accueil pour demander de l'assistance avec cette porte récalcitrante, la carte finit par obtempérer, et le signal vert lui ouvre la chambre magique.

Il est pourtant sorti prendre l'air avant d'aller se coucher, mais cette petite balade nocturne au milieu de la neige ne l'a pas du tout aidé à dessaouler. Au mieux, il aura attrapé froid.

Alors qu'il met son téléphone éteint à charger, celui-ci, en se rallumant, se met à vibrer une dizaine de fois : Jessica. Torturé, Baptiste se rend compte que sa fiancée a essayé de le joindre toute la soirée. Il lit rapidement tous les messages qu'elle a envoyés toutes les cinq minutes depuis minuit.

L'avant-dernier retient son attention et lui vrille le cœur.

`Devant ton silence, j'en déduis que ça ne t'importe pas. Je vais rejoindre Fabrice, lui saura peut-être me consoler.`

— Putain de merde !

Baptiste jette le portable contre le mur. Il vient de flinguer sa vie en gâchant sa dernière soirée avec Jessica. Au lieu de se démener pour la trouver, il est allé se bourrer la gueule avec ses frères. *Typique d'un homme*, se dit-il à lui-même. Il a abandonné avant la fin de la partie.

— Mais quel lâche de merde je fais !

Il se lève pour récupérer son téléphone et tente, sans réel espoir, d'appeler Jessica. Celle-ci ne répond pas, bien évidemment. Il ne laisse pas de message, sachant qu'elle ne l'écoutera pas – elle déteste les messages vocaux. Il raccroche et envoie un SMS. Alors qu'il commence à l'écrire, il hésite, l'efface, puis recommence. Il en est à sa sixième tentative quand il voit des points de suspension apparaître subrepticement sous son message.

Il se retourne d'un bond en se cognant contre la table basse. Elle est en train d'écrire ! C'est ce que veulent dire ces petits points. Il n'hésite plus, ne réfléchit pas plus longtemps. De toute façon l'alcool embrouille son cerveau. Il envoie juste :

`Je t'aime. Épouse-moi.`

Pas de réponse. Alors qu'il se laisse glisser contre le mur et se met à pleurer doucement, son portable émet un nouveau bip.

`Bar.`

Jour J

Là où la pièce s'achève

Blog : « Le weddingue de Jess et Baptiste »

C'est ici que Radio gossip vous quitte. J'aurais aimé que ce soit pour une fin plus certaine et avec un vrai happy end, mais je n'en sais encore rien à l'heure où je vous parle.

En fait, je voulais vous tenir au courant des derniers rebondissements, et puis, au final, je me suis dit que non. Après tout, si vous n'êtes pas assez intelligents pour avoir compris tout seuls ce qui se tramait, c'est que vous ne méritez pas de tout savoir. Et le reste, ce n'est pas à moi de vous le raconter.

Non, ce n'est pas à moi de le faire. Mais à chacun. Il s'en est passé, des choses, dans cet hôtel hier soir, je peux vous le dire ! On aurait dit un vaudeville. Si vous saviez qui dort avec qui… Même moi, je n'ai pas tout suivi - enfin si, mais ma discrétion m'empêche de parler…

Des portes ont claqué, des gens ont découché, certains n'étaient pas dans le lit prévu, pendant que d'autres, après moult détours, se retrouvaient enfin dans le bon. Des couples se défont, des décisions se prennent, des avenirs se dessinent, d'autres se devinent, beaucoup s'improvisent. C'est le rythme dansant de la vie qui s'est déroulée sous vos yeux cette nuit.

Mais pour la première fois, au milieu de cette valse à trois temps, je vais vous donner mon avis. Le vrai.

Je n'aime pas faire ça. Je me voyais plus en « objecteur de conscience » qu'en dictateur. Je voulais avoir plus d'un tour à piocher dans mon sac magique et vous permettre de réfléchir et de vous faire vous poser les bonnes questions. Au final, quand on est épuisé mentalement, ça ne sert plus à rien de tourner autour du pot : il faut dire la vérité et ce qu'on ressent, à l'instar de tous ces films romantiques que j'exècre. Il faut courir sous la pluie pour aller chercher sa belle, tout avouer à son chéri, se livrer car il n'y a que ça de vrai et de sincère.

Alors, pour donner l'exemple, je vais commencer moi-même par crier haut et fort : « Épouse-le, idiote ! »

Il t'aime, et tu en trouveras peu d'aussi déterminés, puissants, engagés. Je sais que tu n'aimes que lui, sincèrement, passionnément. Tu as paniqué, trop de choses autour de toi t'ont embrouillée – c'est peut-être même ma faute. Mais c'était pour que tu sortes du brouillard ensuite, promis. Je n'avais aucune méchanceté, je voulais juste que ta décision finale soit la bonne, celle que tu ne regretteras jamais, quoi que l'avenir te réserve et quelles que soient les épreuves qui t'attendent. Car il y en aura, des épreuves. Mais si tu le choisis, il sera là, toujours là, pour les traverser avec toi.

Je raccroche mon clavier, je rends les mots, il ne me reste plus qu'à croiser les doigts. Cet après-midi, nous serons fixés. Y aura-t-il mariage ou pas ?

Je ne sais pas vous, mais au fond de moi, je l'espère de tout mon être. Parce que la vie est trop courte pour la gâcher.

Un dernier conseil à tous les amoureux : vivez, prenez-vous la tête quand il le faut, vibrez ! Épanouissez-vous d'abord individuellement, dans une vie à deux, puis à plus s'il y a des enfants, car c'est une maison que l'on construit. Les parents sont sa fondation, et si un des piliers est fêlé, la maison s'écroulera. L'autre peut tout essayer, il ne bâtira jamais rien tout seul. Alors soyez de beaux piliers, stables et fiers, qui s'élèvent vers le ciel. Alors, là seulement, vous formerez une belle maison.

Je vous laisse, je vais me préparer, comme nous tous. On se prépare toujours avant de monter sur scène, non ?

Ce matin, dans sa chambre, tout le monde s'apprête. Certains avec des secrets plus importants que d'autres. Certains avec des questions, d'autres avec des réponses. On va tous se faire beaux, mettre nos costumes. Les femmes vont se maquiller, ce sera une façade avant d'être sous le feu des projecteurs, comme au théâtre - celui que tu aimes tant, Baptiste.

Une pièce va se jouer aujourd'hui, et le dernier acte sera cet après-midi. Puis nous déciderons. Dans quel genre classerons-nous cette pièce ? Drame, tragédie, comédie ? La vie ne se classe pas dans un rayon. Ces chapitres, nous les traversons tous, tout au long de notre chemin. Rien n'est catalogué, tout peut changer. À nous d'arrêter la lecture quand on le souhaite.

MP.

L'instant T.
Tout le monde.

Ella est descendue de la fenêtre – épicentre de sa scène de mélodrame personnel. Fred, le père du marié, lui tend un manteau pour qu'elle se couvre en disant à John de l'emmener dans sa chambre. Baptiste arrive, accompagné de son témoin Mehdi.

— Ah, tu l'as trouvé finalement ! commente Liliane, rassurée.

Baptiste a l'air épuisé de quelqu'un qui n'a pas dormi de la nuit. Sur ces entrefaites, Nina et Sacha, les enfants d'Aude et Tom, font leur apparition.

— Personne n'est prêt ? Dépêchez-vous, voyons ! Le mariage est dans deux heures !

« La vérité sort de la bouche des enfants. » Pourtant, la naïveté d'un enfant optimiste semble déplacée en cet instant. Tout le monde se fige dans un état cathartique des plus grotesques. Nina et Sacha sont les seuls à s'affairer au milieu des adultes quand, au bout de quelques instants, le déclic se fait et permet à tous de renouer avec le monde des vivants. Chacun trouve quelque chose à faire pour se rendre utile, ce qui permet d'oublier la peur ressentie un instant plus tôt avec ce pseudo-drame de chantage au suicide.

Soudain, l'entrée dans la pièce d'une certaine Maëlys est comme un nouveau rebondissement.

— Espèce de garce !

Elle fonce sur Jessica et la gifle de toutes ses forces. À nouveau tout le monde se fige avec des yeux effarés.

La mariée accuse le coup sans comprendre. Alors qu'elle s'apprête à répondre, les invités saisissent les deux femmes et les retiennent loin l'une de l'autre.

— Tu as couché avec mon mec ! hurle Maëlys.

— N'importe quoi, connasse ! C'était il y a tellement d'années que je ne m'en souviens plus ! Qu'est-ce que ça vient faire là ?

— Cette nuit, c'était il y a des années ?

Un « oh » retentit, de surprise pour certains, d'angoisse pour d'autres. Sacha rigole, car Jessica a employé un gros mot qu'on n'a normalement pas le droit de dire. Certains se tiennent prêts à écouter la suite, tenant dans leur main une boîte de pop-corn imaginaire comme pour ne rien rater du spectacle. Comme quoi, la nature humaine, malgré le choc, reprend le dessus. Il y en aura toujours pour se repaître du scandale.

— C'est avec toi que couche John ? demande une Ella complètement à côté de la plaque.

— Quoi ? s'étouffe John.

— Arrête, je t'ai entendu dans la nuit quand tu rentrais avec ton frère. J'avais raison, tu as une maîtresse !

— Oui, j'en avais une, mais c'est pas elle.

John regarde Anna en coin, qui semble complètement désintéressée par le drame qui se joue devant elle. Elle chasse une poussière de son pull. Cette œillade n'échappe pas à Marie, qui, depuis les révélations faites hier à sa sœur, se sent une autre femme, capable d'aider ceux qui l'entourent.

Autre « oh » de l'assemblée.

Ella pique une crise nerfs, et c'est Jessica – que les gardes du corps improvisés ont relâchée –, qui s'approche d'elle et la gifle.

— Ça suffit, maintenant ! crie-t-elle. Reprends-toi, Ella. Arrête de t'accrocher à John alors que tu ne l'aimes pas. Tu fais tout un cinéma à mon mariage pour te rendre intéressante, mais on en a tous marre de toi !

Ella, choquée, se frotte la joue. Elle n'est pas habituée à ce que les gens ne soient pas aux petits soins pour elle durant ce qu'elle estime être une crise de haute intensité. Elle tape du pied comme une gamine de 5 ans pourrait le faire si on lui refusait une glace au dessert. Elle croise les mains sur sa poitrine, les regarde tous un à un et sort de sa voix la plus fielleuse :

— Tout le monde en a marre ? C'est pas ce que pensait Tom quand il m'a embrassée.

Le « oh » général est complètement affolé, on entend même des petits cris de femmes sur le point de s'évanouir. En regardant de plus près, c'est juste

Liliane qui a avalé de travers et qui s'apprête à attaquer la hyène qui touche à son fils.

— Comment oses-tu ? hurle-t-elle.

Ella ne répond pas. Les regards se tournent vers Tom, tous cherchent dans ses yeux un signe rassurant qui viendrait contredire l'accusation infâme.

— *Tu* m'as embrassé, Ella, répond Tom. Et c'était le mois dernier. Je t'ai arrêtée tout de suite et mise dans un taxi. Si je m'en veux ? Oui. Si je devais le dire à mon frère ? Probablement. Mais il était trop occupé à essayer de bâtir quelque chose avec toi et il y croyait tellement que je n'ai pas voulu le décevoir...

Les regards se tournent vers John, qui semble perdu.

— Revenons au sujet principal, salope : pourquoi tu portes le pull de mon mec, Fabrice ? demande Maëlys à Jessica tout en fixant Ella.

— Mais...

Jessica n'a pas envie de répondre, mais elle s'aperçoit que tout le monde la dévisage, attendant une explication. Alors que Baptiste s'approche pour parler, c'est John qui s'exprime en surprenant l'assemblée :

— Je te quitte, Ella.

« Quoi ? » – ça change du « oh ».

— En fait, j'aurais dû le faire plus tôt. C'est pas toi, le problème, c'est moi qui n'ai pas été clair, car je ne savais pas où j'allais. Papa ?

Frédéric était jusque-là resté en retrait, essayant de rattraper les wagons.

— Hein ? C'est quoi le rapport avec moi ?

— Je vais te décevoir, je sais, mais je ne veux plus être notaire. Une bonne discussion avec mon frère m'en a fait prendre conscience hier.

— Ton frère, lequel ?

Tom lève timidement la main.

— Moi, encore.

— C'est quoi, cette histoire ?

— En fait, j'ai envie de vivre, j'ai besoin de voyager. On a tout calé avec Tom. Certes, il était deux heures du matin et on était bourrés, dit-il en souriant, mais je n'ai jamais été aussi lucide de toute ma vie. J'ai mis assez d'argent de côté pour vadrouiller pendant plusieurs mois. J'ai besoin de faire un break, je verrai ensuite ce que j'ai envie de faire. Ella, je n'ai jamais été honnête avec toi. Je n'étais pas bien dans ma tête moi-même. Je dois découvrir le monde pour me découvrir moi-même. J'en ai marre d'être lâche.

— C'est pas le moment d'en parler, mais... T'es bête, John. Tu fais ce que tu veux ! C'est ta vie, pas la mienne. Tom a repris l'office, s'il peut se débrouiller sans toi, c'est sa décision.

— Aucun souci, rétorque Tom.

— Vous m'en voyez ravi, les garçons, dit Fred. Tout ce qui compte pour moi, c'est que vous vous entendiez. Ça fait des années que vous vous prenez le bec, et il suffit d'une soirée arrosée pour que vous trouviez un terrain d'entente.

— Oui, confirme Tom en souriant. Quand il m'a dit qu'il voulait partir, j'ai tout de suite compris qu'il fallait que je le soutienne.

John rit.

— C'est vrai que tu n'as pas beaucoup hésité et vite trouvé une solution pour me remplacer !

Baptiste s'approche de John et lui tape sur l'épaule.

— Eh bien, grand frère, il était temps ! Je suis très content pour toi.

— Mais... et moi, dans tout ça ? Pourquoi personne ne comprend ma douleur ?

Ella semble complètement perdue.

— Viens, propose Mehdi. Je vais te raccompagner dans ta chambre.

Elle essaie de pleurer mais se rend compte qu'elle n'y arrive pas. Après sa séance de mélodrame, elle joue un rôle de composition, celui de la femme forte et résignée.

— Cette famille est tarée, vous n'êtes pas faits pour moi. J'ai juste besoin d'avaler un cachet, puis je prendrai le bus pour Grenoble cet après-midi. Je pense que je ne m'en sortirai que mieux !

La faculté qu'a Ella à changer de personnage en sidère plus d'un. Après avoir voulu se jeter par la fenêtre, elle accuse la famille Bilbonne d'être folle, ce qui fait rire certains et en agace bien d'autres. Au final, personne ne dit rien, de peur qu'elle argumente encore et reste plus longtemps dans la pièce.

L'attention de tous est attirée par un détail. Comme les yeux se braquent sur Jessica, c'est Nathan qui finit par briser le silence :

— Jess, ma sœur, je te fais confiance. Tu n'as pas à te justifier. Ton histoire ne concerne que toi.

— Merci, Nathan, mais je n'ai rien à cacher. Oui, je suis allée voir Fabrice, et comme je n'avais pas la clé de la chambre de mes parents où étaient mes affaires et que j'avais froid, Fabrice m'a passé son pull. Que vous me croyiez ou non, l'histoire s'arrête là. Fabrice est un ex, et comme tout ce que ce mot indique, c'est fini, il ne fait pas partie de mon présent.

Elle fusille Maëlys du regard en prononçant ces derniers mots.

— Toi, par contre...

Fabrice intervient :

— Maëlys va faire sa valise et je vais la raccompagner au bus avec Ella.

Il passe devant Jessica et chuchote un : « Je suis désolé. »

Personne n'entend la suite des protestations de Maëlys et les injures qu'elle profère, car Fabrice la pousse délicatement vers la porte et referme derrière lui.

Alors que tout le monde retient son souffle et se demande ce qu'il va se passer, Tom prend une grande inspiration et annonce :

— Bon, ça suffit, maintenant ! Jess, Baptiste, je ne sais pas où vous en êtes, mais vous devriez aller parler. Vous vous aimez, j'ai rarement vu un couple comme le vôtre, pour lequel je peux affirmer avec certitude : vous vous aimez ! Parfois, il faut arrêter de penser et foncer ! Il y a un temps pour tout. Sur le blog ce matin, MP a sorti les bons mots de son sac magique. Pour le coup, je suis absolument d'accord : foncez !

Baptiste surprend tout le monde et se met à rire. Nathan applaudit, bientôt suivi par tous les autres devant l'hilarité de Baptiste, puis de Jessica.

Baptiste s'approche d'elle, l'embrasse et lui dit :

— Bon, maintenant, bouge-toi, si tu veux dissimuler ces cernes qui prouvent que tu as fait une nuit blanche, car le mariage est dans moins de deux heures ! Et si je veux survivre à ma gueule de bois et masquer mon haleine de whisky, j'ai du pain sur la planche !

De part et d'autre se font entendre des respirations bruyantes, comme si chacun avait enfin repris son souffle et une grande bouffée d'air.

— Je vais dans la chambre de mes parents me préparer comme convenu. Maman, tu viens ?

— C'est parti !

Alors que tout le monde se disperse, Liliane reste décontenancée.

— MP ? Mais je sais qui c'est !

13 heures.
Chambre 108.

— C'est toi !

Jessica passe la porte de la chambre de sa mère.

— MP, c'est toi !

Louise sourit et baisse la tête.

— Mary Poppins ! J'aurai dû m'en douter, j'ai été stupide. Ton dernier commentaire qui parlait de sac magique, c'est ce qui m'a éclairée ce matin. J'étais tellement contrariée, ces derniers mois, en pensant que cette MP m'en voulait que, dans ma tête, ça ne pouvait pas être quelqu'un qui m'aime. Alors qu'en fait...

Louise affiche un air triste.

— Ma chérie, tu m'en veux ?

— Franchement, je suis passée par toutes les étapes, mais j'ai eu le temps de réfléchir sur beaucoup de choses. Et c'est ce que tu voulais, je pense. Tu avais raison : je devais être certaine que Baptiste était le bon. Il n'y a qu'en doutant qu'on remet tout en question, qu'on s'interroge et qu'on trouve la réponse. Notre film préféré ! On l'a vu tellement de fois, je le connais par cœur. Ça me semble si évident, maintenant ! Tu es et tu seras toujours ma Mary Poppins.

Quand Jessica prononce ces derniers mots, un voile sombre passe sur le visage de sa mère.

— Maman, qu'est-ce qu'il y a ?

— Rien, ma chérie. On a un peu moins d'une heure pour faire de toi la mariée parfaite, une déesse vierge si on en croit la légende liée aux robes blanches. On discutera plus tard. Là, il faut qu'on s'active.

À ce moment, on frappe à la porte. Louise va ouvrir, puis s'écarte pour laisser entrer Myriam, Aude et Hélène.

— Vous avez demandé une équipe de renfort ? Ma chéwie, on va te transformer !

L'une d'elles apporte un fer à friser, l'autre, un fer à repasser, et la troisième brandit une trousse de maquillage.

Pendant l'heure restante, l'essaim d'abeilles tourne autour de la reine en riant et en profitant de l'instant présent, comme si, d'un coup, le nuage noir qui planait autour d'elles s'était envolé.

— Tu nous expliques le déroulé de cette nuit ? interroge Myriam pour le plus grand plaisir des deux autres, qui n'osaient pas demander.

— Rien de bien particulier. J'ai mangé avec maman, Liliane, Marie et toi, Hélène. Après, j'ai cherché Baptiste, mais il était introuvable et ne répondait pas à son téléphone. Je me suis dit qu'il me faisait payer le fait que je ne lui avais pas répondu de la journée. J'étais en colère, puis la colère a laissé place à la tristesse, et j'ai ressenti un grand vide. J'ai croisé l'autre... Bref, je ne vais pas continuer dans les noms d'oiseaux, elle ne le mérite même pas. En voulant m'éloigner de Fabrice, elle a créé l'effet inverse. En rentrant dans sa chambre, elle lui a dit m'avoir croisée. Il s'en voulait, il a voulu qu'on parle. Je l'ai rejoint dans la bibliothèque au premier étage. Quand je suis arrivée, je ne savais pas ce que je voulais. Baptiste me snobait, Maëlys avait piqué ma jalousie, j'étais remontée. Mais en voyant Fabrice, tout est retombé. Je me suis rendu compte que je ne ressentais plus rien pour lui. C'est Baptiste que je voulais voir. J'étais frigorifiée, Fabrice m'a prêté son pull, on a discuté cinq minutes. Il m'a dit qu'il allait rentrer ce matin, qu'il n'assisterait pas au mariage et qu'il allait rompre avec Maëlys. Il a compris qu'il n'était pas fait pour moi, que nous avons eu un passé, mais que ça s'arrêtait là. Il espérait que ça ne gâcherait pas notre amitié, car il est très ami avec Nathan et apprécie beaucoup mes proches.

— Oh, oui, commente Louise. Je me suis trompée, moi aussi. J'apprécie beaucoup Fabrice, il fait presque partie de la famille, mais, effectivement, ce n'est pas quelqu'un pour toi.

— Non, mais j'avais l'impression de ressentir quelque chose pour lui. Le fait que j'aille le voir au café le mois dernier montre bien que je n'étais pas prête à tourner la page et que, au fond, mes sentiments n'étaient pas clairs. On s'est quittés en se prenant dans les bras et j'étais tellement bien, libérée, je n'avais aucune arrière-pensée. Aucune envie de plus, ce n'était qu'un ami. Mais je ne savais toujours pas où était Baptiste et je n'avais aucun moyen de lui dire tout ça. J'ai pleuré toutes les larmes de mon corps. Je n'ai jamais autant pleuré de ma vie. Je pensais que tout était foutu. Puis, à quatre heures du matin, Baptiste est remonté du bar, il a allumé son portable et vu mes soixante-quinze messages. Ne riez pas, j'ai compté, il y en avait bien soixante-quinze ! Il m'a appelée, mais j'étais aux toilettes. Vous y croyez ? J'attends qu'il m'appelle depuis minuit, et quand il le fait enfin, je suis aux toilettes !

Tout le monde se met à rire.

— La vie, c'est pas comme les films romantiques ! précise Aude.

— Bref, en sortant, j'allais lui envoyer un message, mais il était en train de le faire. Il m'a écrit juste ce qu'il fallait.

Elle se tortille pour leur montrer sur son téléphone le dernier SMS de Baptiste, quand il lui demande de l'épouser. Myriam, qui est en train de lui mettre du blush sur les joues, et Aude, qui enroule une mèche autour du boucleur, se tordent en direction de l'écran.

— Oooh !

— Merde ! dit Aude, j'ai loupé la mèche ! Désolée, mais arrête de me perturber ou je vais te cramer les cheveux.

— Et moi, je n'arrive pas à dissimuler l'hématome sur ta joue. Cette garce ne t'a pas loupée ! renchérit Myriam. Tu commences à marquer, là où elle t'a giflée.

— Et ensuite ? demande Hélène, qui essaie d'enlever tous les faux plis de la robe de mariée avec Louise, qui reprend tout derrière elle.

— Ensuite, je lui ai donné rendez-vous au bar qui avait fermé, il m'a rejointe. On a passé le reste de la nuit blottis l'un contre l'autre dans le fauteuil près de la cheminée, qui s'était éteinte depuis longtemps. On aurait dit deux ados qui avaient fugué. On était si bien ! On a pu parler de notre avenir, de ce que l'on voulait vraiment, loin des contraintes du mariage et de la pression. On avait la sensation d'être seuls au monde.

— Et vous n'avez fait que parler ? questionne Myriam.

— Pas vraiment, non...

— Oh, Louise, n'écoutez pas ! lance Myriam en riant.

Après la cérémonie. Après le repas. Après le gâteau. La nuit.

Dans la salle de bal.

La plupart des invités sont partis se coucher. Restent les derniers fêtards.

— Il faudra qu'on parle, quand même, dit Jessica en venant faire un bisou à ses parents, qui s'apprêtent à monter dans leur chambre.

— De quoi, ma chérie ? demande Bernard. Je suis fier de toi, c'est le plus beau jour de ta vie et de la mienne.

— Merci, papa, intervient Nathan, qui vient d'arriver. J'espère que le jour de mon mariage sera le deuxième plus beau jour de ta vie.

— Mais oui, mais oui, mon fils. Si ça arrive un jour, commente Bernard en faisant un clin d'œil à Pierre.

— Oh, tu sais, papa, ça peut arriver plus vite que prévu.

Jessica s'assied avec ses parents à leur table et rit en voyant celui qu'elle appelle désormais « son mari » faire l'idiot sur la piste avec ses frères, son témoin et cousin Charles.

Puis elle se ressaisit et prend un air plus sérieux en regardant sa mère.

— Dis-moi, Mary Poppins, je suis montée dans votre chambre tout à l'heure pour récupérer des affaires que j'ai transférées dans la mienne, et je suis tombée sur un écrit.

— Un écrit ?

Louise prend un air surpris, mais son regard faussement candide interpelle son mari.

— « De la neige, de la neige, encore de la neige, toujours de la neige. Mes chaussures sont flinguées. J'ai la peau aussi blanche et blafarde que celle de la mariée, j'ai l'impression que le froid fait ressortir mes rougeurs comme des boutons d'acné. Quelle idée de venir se perdre ici, à Uriage, pour des noces ! OK, le domaine est magnifique. » Je continue, maman ?

Louise s'empourpre.

— Dis-moi la vérité, c'est quoi ?

— Oh, je suis désolée, chérie. C'est juste que je me suis prise au jeu de ce blog et au fait de raconter ma vie. Et je me suis dit que je pourrais continuer... Mais de façon romancée, pour que ça plaise. Je ne dis pas que je vais le faire lire, cela dit. Mais tu sais comment sont les auteurs... Oui, j'ai pesté que ce mariage se fasse ici, tu sais que j'avais voté pour Nice en été, là où habitait tante Margueritte. Mais vous avez préféré un décor hivernal et champêtre. Ma foi, c'est votre choix ! Et je reconnais que c'était parfait.

— Tu parles de quoi ? demande Nathan en riant. Le bleu sur la joue de ta fille ? Le marié qui puait l'alcool à dix kilomètres, son frère Tom aussi saoul que lui ? Ou bien les révélations de midi et les cernes de tout le monde ?

Bernard rit et précise :

— Au moins, ce mariage est différent. Et puis, je ne m'inquiète pas, les photographes font de magnifiques retouches, de nos jours.

— Eh bien, moi, je laisserais tout sans retouche, précise Jessica. C'est ça, la vraie vie. Et je chérirai chaque souvenir quand je regarderai les photos. C'est ce qui fait que nous en sommes arrivés là et que nous nous sommes dit « oui ». Nathan, tu avais compris que maman était la mystérieuse MP ?

— À vrai dire, non. Tu viens de me le faire découvrir, mais ça ne m'étonne pas. Je reconnais sa patte. C'est quoi, ce nouveau texte que vient de lire Jess, maman ?

— Oh, rien. Comme je vous le disais, je me suis mise à écrire, c'est une sorte de carnet de bord durant les préparatifs du mariage. Certaines parties étaient retranscrites, d'autres personnelles.

— Heureusement que cette partie n'était pas dans Radio gossip ! lance Jessica. J'ai largement préféré la version de ce matin. Très belle conclusion, d'ailleurs, maman. Ça nous a tiré une larme, à Baptiste et moi, quand nous t'avons lue. Et je ne savais pas encore que c'était toi. C'est encore plus touchant. Ce qui m'amène à une autre question...

Jessica prend un air plus sombre, plus grave. Un courant d'air frais semble se répandre sous la table, faisant frissonner la famille Larcant, ainsi que Pierre, l'éternel ami.

— J'ai trouvé autre chose dans votre chambre, maman. C'est quoi, cette liste de médicaments ? Et le protocole que tu as roulé en boule au fond de ton sac ?

— Tu as fouillé dans mes affaires ?

— Oui. Ne prends pas cet air indigné, je ne m'excuserai pas. J'ai été alarmée par cette quantité de médicaments, et j'avais beau être aveuglée par l'organisation du mariage, je ne suis pas stupide et je sais aligner les informations dans le bon sens.

Jessica marque une pause et les regarde tous un par un.

— Vous savez tous, c'est ça ?

La colère la gagne.

— Même toi, Nathan ! Tu me caches quelque chose ? Maman, je veux la vérité. Si tu es vraiment en rémission, pourquoi le médecin te propose un protocole ?

Louise regarde sa fille et ouvre la bouche, mais aucun son ne sort. Une larme se met à couler doucement sur sa joue. Bernard lui prend la main, Pierre tourne la tête pour ne pas montrer son visage.

Nathan prend la parole :

— Ce n'est pas le moment, Jessica. Je le sais depuis très peu de temps car, comme toi, je l'ai découvert.

— Ta mère t'expliquera tout demain, chérie. Nous en parlerons. Mais, s'il te plaît, ce soir, c'est sa soirée. Elle marie sa fille, sa fille unique, il y a eu assez de rebondissements, non ? Ça ne pourrait pas être que du bonheur ?

Jessica sent l'énorme boule coincée dans sa gorge enfler tellement fort qu'elle a l'impression de ne plus pouvoir respirer et qu'elle va s'écrouler.

C'est ce moment que choisit tatie Margueritte, qui était partie aux toilettes avec son aide-soignante, pour revenir à table et assener, comme une personne qui n'aurait pas suivi le film :

— Bon alors, Nathan, tu nous la présentes quand, ta femme ?

Nathan sourit.

— Bientôt, tatie, bientôt.

— Mais vous vous êtes mariés aujourd'hui, il serait temps que je la rencontre, non ?

— Non, je ne me suis pas marié, tatie. Bon, laisse tomber.

Il se lève, va chercher Hélène qui discutait avec Aude un peu plus loin et l'amène à table en la tirant par la main.

— Après tout, tu as raison, tatie, c'est le bon timing. Papa, maman, je vous présente Hélène, celle que j'aime.

— Quoi ?

Jessica n'en revient pas. Décidément, elle est passée à côté de beaucoup de choses, ces derniers mois ! Baptiste la prend par la taille en l'embrassant dans le cou.

— Qu'est-ce qui se passe à cette table, ma magnifique femme ?

— Ta sœur ! Mon frère !

— Ah, oui, j'ai appris ça cette nuit. Ça y est, c'est officiel ?

Bernard se lève et prend son fils dans les bras.

— Félicitations, mon garçon ! Tu n'aurais pas pu choisir mieux.

Liliane et Fred arrivent et se joignent au petit groupe.

— J'en étais sûre ! claironne Liliane, ce qui fait sourire son mari.

Alors que tout le monde s'embrasse et se congratule, heureux du nouveau couple formé, tatie Margueritte, qui n'est pas en reste, ajoute :

— Et le bébé, c'est pour quand ?

Jessica comprend qu'Hélène a annoncé aux autres être enceinte. Elle regarde sa mère, qui arbore un sourire éblouissant mais ne semble pas le moins du monde surprise de l'identité du papa. Pierre et Bernard sont convaincus que c'est une facétie d'Alzheimer, mais Margueritte insiste :

— Tu es bien enceinte, ma petite ? Ça se voit sur ton visage.

— Eh bien...

Elle regarde Nathan, qui hoche la tête en souriant.

— Oui. Nous allons avoir un enfant !

Nouvelle effusion de joie. Jessica ne retient plus ses larmes et prend son frère dans ses bras. Elle s'approche ensuite de sa mère et s'apprête à lui poser une question, mais celle-ci chuchote :

— Chut, cette soirée doit rester magique. Laisse le film s'arrêter sur un happy end. Et comme le dit Mary Poppins à la jeune Mary : « Je resterai jusqu'à ce que le vent tourne... »

Épilogue

Dix mois plus tard.
Quand le vent a tourné.

Tout le monde entre dans la nouvelle maison de Jessica et Baptiste pour la collation servie à la mémoire de Louise.

Celle-ci avait souhaité que ce soit un moment convivial, et le couple s'est démené pour préparer quelque chose de sympathique malgré les circonstances. Il y a des cupcakes de toutes les couleurs, comme elle les aimait, des bonbons piquants et même une fontaine de chocolat, ce qu'elle affectionnait tant avant que la maladie la ronge et lui fasse perdre toute envie de sucre.

Bernard, Pierre et Frédéric sortent dans le jardin boire une bière. Bernard n'est que l'ombre de lui-même mais il sait qu'il peut compter sur son éternel ami Pierre, qui souffre autant que lui, mais qui le soutiendra toujours. Et puis, ce matin, il a pris dans ses bras la petite Alice, sa petite-fille, qui porte le deuxième prénom de sa femme. Le souffle de bonheur qu'il a ressenti lui a fait prendre conscience que, comme le disait Louise, la vie continue et le bonheur a beau s'être tu, il n'est jamais perdu.

À l'intérieur, Nathan met sa fille à la sieste pendant qu'Hélène se change après une énième montée de lait. Les deux se retrouvent au-dessus du berceau que Jessica a placé dans la chambre d'amis.

— Dors bien, petite Alice, chuchote Nathan.

— Regarde, dit Hélène, elle a les mêmes fossettes que ta maman quand elle sourit.

Effectivement, Alice sourit dans son sommeil, comme un ange tombé du ciel que la vie n'a pas encore marqué, inconscient de la tristesse qui l'entoure.

Nathan prend la main de sa femme, la serre très fort et pleure en silence en contemplant sa fille.

Quelques semaines plus tard.
Dans un bar.
Aude, Tom, Jessica et Baptiste.

Aude arrive avec dix minutes d'avance, mais Tom est déjà là.

Elle s'installe sur le banc à côté de lui et hésite à lui faire la bise. Tom s'écarte, ce qui la surprend.

— On va continuer longtemps, Aude ?

— Comment ça ?

— À faire semblant ! C'était marrant, au début, de faire semblant de partir de la maison en disant au revoir aux enfants et de revenir en cachette pour partager ton lit. J'ai aimé l'excitation autour de notre petit secret, mais maintenant, je veux pouvoir embrasser la femme que j'aime devant tout le monde ! Le départ de Louise m'a fait prendre conscience de beaucoup de choses. La vie est trop courte, Aude. J'ai pas envie de faire semblant. Je veux savourer la vie. On fait une fausse joie à Sacha et Nina si ça ne marche pas ? Et alors ? Pendant quelque temps, ils auront été heureux que l'on soit ensemble, et si on doit se séparer, ils souffriront, mais ils comprendront un jour. Ils ne nous en ont pas voulu quand ils ont su que le père Noël n'existait pas, non ? Eh bien, c'est pareil. Et puis, ça nous regarde, c'est notre choix, pas le leur. Je n'agirai pas en fonction de ce que pensent mes enfants. Je prends des décisions, j'espère ne pas devenir un vieux con et respecter les leurs, même si je ne serai pas forcément d'accord avec celles qu'ils prendront.

Il a tout débité d'une traite, sans regarder Aude. Il boit une gorgée de sa bière et se tourne vers elle.

— Tu as fini ? demande Aude en levant les yeux au ciel.

— Oui. Ou non. Je peux parler encore longtemps, tu sais. Mais j'en ai marre de parler, j'ai juste envie de rentrer, faire l'amour avec toi et me réveiller demain matin à ton côté pour t'apporter le petit déjeuner au lit.

— Laisse-moi m'exprimer un peu, dit Aude en posant son doigt sur la bouche de Tom. J'attendais juste que tu dises tout ça.

Elle sourit et l'embrasse. Tom est surpris et, par réflexe, vérifie autour de lui si personne ne les a vus.

— Comment ça, tu attendais que je dise ça ?

— Je suis d'accord. À une condition ! Que tu m'amènes bien le petit déjeuner au lit demain matin.

— Alors, c'est tout ? Il suffisait que je le dise ?

— Tu sais que j'ai toujours été faible et que je t'obéis quand tu t'énerves...

— Fous-toi de moi ! OK, j'ai compris ton petit jeu, tu veux la même chose que moi mais tu n'osais pas le dire. Madame est amoureuse de son ex-mari !

— Chut, mon ego pourrait t'entendre et il en a déjà pris un coup après ma revendication d'indépendance.

— Mais tu es indépendante, Aude ! Je ne veux pas te voler ta liberté. Je veux juste revenir officiellement dans ta vie, et avec ton caractère, je n'ai aucun doute que tu sauras me remettre à ma place si je déborde.

— En fait, je n'en avais pas vraiment conscience et je me laissais vivre, mais je veux habiter avec toi, pouvoir te tenir la main dans la rue si j'en ai envie, te crier dessus si tes chaussettes ne sont pas dans le lave-linge...

— Ça, je le note. J'ai donc le droit de laisser traîner des affaires...

— Oui, en échange du petit déjeuner au lit tous les dimanches. Par contre, tu as intérêt de ranger tout le reste. Pour tes chaussettes et ton caleçon, c'est peine perdue, je ne vais pas me battre là-dessus. Mais pour le reste, monsieur Bilbonne, il y aura de nouvelles règles.

— Comme ?

Tom se prend au jeu, se redresse et commence à compter sur ses doigts en même temps qu'elle énumère.

— Pas de repas dans ta famille tous les week-ends. On y va quand on en a envie. Tu gardes ton appartement en ville, Nina pourra le prendre plus tard quand elle voudra s'émanciper, mais surtout, une fois par mois, on les fait garder et on se fait une soirée en amoureux. On pourra faire l'amour sans avoir à étouffer nos cris sous les coussins.

— Oh, purée, la pauvre voisine, je vais devoir lui acheter de nouvelles boules Quies.

— Pas de mariage. On vit dans le péché, je m'en moque. On a déjà fait tout le tintouin avec la robe, les invités, etc. Je veux juste profiter. Tu es d'accord, Tom ?

— Oui, avec tout. On saute la case mariage, par contre je te propose la case voyage de noces tout de suite. On y a droit, non ? J'allais justement te proposer une semaine en République dominicaine, on avait adoré y aller. Je voudrais qu'on y retourne, que toi et moi. Apprendre à se redécouvrir, savoir qui est la nouvelle Aude, plus mature et encore plus belle, et qui est le nouveau Tom, moins têtu et plus spontané. Ça te dit ?

— C'est la plus merveilleuse des idées.

Elle prend son visage entre ses mains et l'embrasse sur la bouche.

— Hum-hum.

Jessica et Baptiste viennent d'arriver et essaient d'attirer leur attention. Tom leur fait signe sans arrêter d'embrasser Aude.

— Donc plus rien n'est secret, maintenant ? demande Baptiste en enlevant son manteau et en s'asseyant.

— Ah, parce que quelque chose était secret ? s'enquiert Jessica.

Tom et Aude rient.

— Évidemment, toi, tu étais au courant avant tout le monde, continue Baptiste. J'oublie parfois que tu es la fille de la créatrice de Radio gossip !

— Oui, et MP m'a livré pas mal de secrets avant de partir.

Aude et Tom, intrigués, descellent leurs lèvres pour participer à la conversation.

— C'est vrai ? Ta mère était au courant ? questionne Tom.

— Si vous saviez le nombre de choses que ma mère savait ! Je me demande comment elle faisait. Soit c'était une vraie espionne, soit elle savait tout simplement écouter et observer.

— Je pense que quand elle a su qu'elle était malade, ça a pris une toute nouvelle tournure, dit Aude affectueusement. C'était sa manière d'emmagasiner le plus de souvenirs, d'avoir l'impression de maîtriser encore un peu de choses et de pouvoir aider ceux qu'elle aimait.

— C'est elle qui a finalement réussi à convaincre John de voyager et de quitter l'office notarial. Vous le saviez ? lance alors Tom.

— Non ! D'où tu sais ça ? demande Baptiste.

— J'ai eu John au téléphone, la semaine dernière. Il est en Inde depuis deux mois, il fait du bénévolat dans une association humanitaire et se régale. Il sait à quoi lui ont servi ses études juridiques, finalement. Pas tant dans l'application, car les lois ne sont pas les mêmes dans les pays qu'il traverse, mais dans la rigueur, la logique. Il m'a dit être navré de ne pas avoir pu venir à l'enterrement, car il appréciait beaucoup Louise, et que c'était grâce à elle qu'il avait eu le déclic. A priori, cette fameuse nuit, la veille de votre mariage, alors qu'Ella lui avait fait une énième crise de nerfs quand il était rentré se coucher à quatre heures du matin et que je l'avais laissé devant sa chambre, il est ressorti et est tombé sur Louise, qui remontait de l'accueil où elle était allée chercher de l'aspirine. Ils ont discuté pendant presque une heure. Apparemment, c'est incroyable comme elle l'avait cerné. Elle avait trouvé les mots justes.

— Je ne sais pas pourquoi, mais ça ne m'étonne pas, dit Aude. Elle est venue me voir pour me dire que, parfois, on va chercher les amants bien loin, alors que celui que l'on a sous les yeux peut être encore meilleur. Je n'ai pas compris tout de suite cette phrase énigmatique, mais ensuite, quand j'ai su qu'elle avait toujours su pour Tom et moi, ça a pris tout son sens.

— Elle n'avait rien d'une magicienne, en fait, commente Jessica. Elle t'avait vue sortir de la chambre de Tom la nuit du mariage ! Elle me l'a dit ensuite.

Ils se mettent à rire.

— On ne saura jamais les vrais liens qui l'unissaient à Pierre et à papa.

— En tout cas, je suis convaincu qu'il n'y avait rien de malsain, dit Baptiste. C'est moi qui étais un connard quand j'ai laissé sous-entendre ça. J'étais jaloux, je te savais hésitante, et au lieu de me remettre en question, j'accusais les autres. Quand je vois l'amitié entre ces deux hommes, je me dis que Bernard a peut-être sauvé la vie de Pierre il y a quarante ans, mais qu'aujourd'hui c'est Pierre qui sauve la sienne. S'il n'était pas là, ton père sombrerait.

— Lui et ce petit bout de chou qu'est ta nièce, Jess, dit Aude, qui lui touche la main en voyant les larmes perler au coin des yeux de sa meilleure amie.

— C'est vrai, heureusement qu'elle a vu Alice avant de partir. Mais elle ne connaîtra pas nos enfants, reprend Jessica en regardant Baptiste.

— Elle a déjà eu beaucoup à faire avec notre mariage ! renchérit Baptiste en souriant. Et puis, Mary Poppins vient dès qu'une maison en a besoin, non ? Même si tu auras toujours besoin de ta maman, elle t'a insufflé l'essentiel pour que, à ton tour, tu l'inculques à tes propres enfants. Elle sera toujours présente en chacun de nous. Mary Poppins a laissé une petite boîte, qu'elle m'a demandé de te donner, ma chérie, et de l'ouvrir pour nos un an de mariage. Et comme vous le savez, c'est aujourd'hui !

Baptiste sort de sa poche un cadeau emballé et le donne à sa femme.

— Tiens, chérie. Elle me l'a donné le soir où on discutait pendant que tu étais dans la cuisine avec Pierre. J'avais ordre de te l'offrir pour notre premier anniversaire. J'ai hésité toute la journée, mais j'ai tellement peur de ce qu'il contient que j'ai préféré le faire avec Aude dans les parages, au cas où. Je peux tout faire pour toi, mais te voir souffrir sans savoir comment te réconforter est au-dessus de mes forces, et je me suis dit qu'Aude saurait trouver les mots justes. Et puis, je sais qu'après Myriam nous rejoint pour nous présenter sa nouvelle copine, donc du renfort est toujours bon à prendre. Tu veux qu'on te laisse ?

— Non, restez. Tu as eu raison, mon cœur, je veux bien l'ouvrir avec vous. Je me sens plus forte entourée des gens qui la connaissaient bien.

Jessica déchire délicatement le papier qui entoure l'objet. Les trois autres retiennent leur souffle en essayant de ne pas le lui montrer. Elle tremble légèrement, mais son cœur s'emballe en découvrant le contenu.

— C'est quoi ? demande Baptiste, qui n'y tient plus.

Jessica le regarde, les yeux brouillés par les pleurs. C'est une magnifique petite boîte à bijoux qui émet de la musique. Quand elle soulève le couvercle, une petite poupée représentant Mary Poppins, le parapluie brandi, prête à s'envoler dans les airs, en sort et tourne sur elle-même sur l'air de *Supercalifragilisticexpialidocious*.

— C'est sa boîte à bijoux, explique Jessica à travers ses larmes. C'était une plaisanterie entre nous, je lui disais que je la voulais, et elle me répondait que je ne l'aurais en héritage que pour la transmettre à ma fille. Que c'était la tradition. Ce qui était stupide, car cette boîte, c'est mon père qui la lui avait offerte. Mais elle aimait me taquiner. Je me demandais où elle était passée quand j'ai rangé toutes ses affaires.

— Je suis désolé, ma chérie. J'aurais pu te le dire, mais j'ai respecté sa volonté.

— Non, tu as bien fait, Baptiste. C'est si beau de la retrouver, ce soir. C'est tellement symbolique. Je me demande comment c'est possible ! Comment elle savait ?

Jessica les regarde un à un, mais aucun d'eux ne comprend. Puis, Aude écarquille les yeux, porte les mains à sa bouche et murmure :

— Oh, mon Dieu !

— Quoi ? demande Baptiste, perdu.

Jessica se tourne vers lui, lui prend la main et annonce :

— Mary Poppins a encore frappé. Mon chéri, je ne sais pas à quel point ma mère savait tout et si elle avait raison sur le fait que ma fille héritera de la boîte, mais elle savait ceci : que ce serait à nos un an de mariage que tu devais me l'offrir. Mon cœur, tu vas être papa !

Aucun homme dans le bar, aucun homme dans la ville, ni aucun homme à de nombreux kilomètres à la ronde n'est, à cet instant précis, plus heureux que Baptiste. Après une tournée offerte à tous, c'est en grande pompe, avec l'arrivée de Myriam, sa copine Lena et ensuite de Mehdi, qu'ils fêtent la nouvelle – à la limonade pour Jessica. Et quand chacun pose la sempiternelle question à Jessica : « Comment pouvait-elle savoir ? », elle répond en riant :

— C'est Mary Poppins. Pratiquement parfaite à tous points de vue !

Composition
NORD COMPO

Achevé d'imprimer à Barcelone
par CPI BLACK PRINT
le 24 juillet 2022
Dépôt légal : juillet 2022

EAN 9782290367599
OTP L21EDDN001207-402970

ÉDITIONS J'AI LU
82, rue Saint-Lazare, 75009 Paris

Diffusion France et étranger : Flammarion